昨日は彼女も恋してた

入間人間

イラスト／左

デザイン／カマベヨシヒコ

昨日は彼女も恋してた

入間人間

イラスト　左

『しゃりんのうた』

回る車輪が目に留《と》まると、否応《いやおう》なく思い出すものがある。それは苦くて、とても呑《の》みこめないような代物《しろもの》で、けれど、自分の内側で確かな主張をしている。古傷のように疼《うず》くそれが車輪の回転と一緒にひとしきり暴れた後、残るのは涙に似た塩の味だった。

本島の砂浜とは異なる海の匂《にお》いがする。枝を揺らし、軒先《のきさき》の洗濯物《せんたくもの》をひるがえした海の風が運ばれてくるとそこには島に息づく生き物の匂いが混じっていた。吹き抜ける度《たび》に、風の中で脈打つ生き物の気配は大きく異なっている。今の風には、誰《だれ》かの息吹《いぶき》を感じた。

その風は秋から冬に近づく、冷たさと力強さで頬《ほお》を撫《な》でていった。

島の南側は切り立つ崖《がけ》になっている。岩壁は一片《いっぺん》の優しさも受け付けないようにおどろおどろしく、表面にはコケか藻《も》のようなものがこびりついている。

真下に広がる岩礁《がんしょう》も荒々しく、海面へ向けて小石を投げても、波紋を確かめることもできない。そう思った側《そば》から石を放ってみたけれど、岩にぶつかる音さえ聞こえてこない。

砂浜が広がる島の西側の海やカルスト地形の美しい南東の浜と違い、こちらの岬《みさき》へ足を運ぶ人はまずいない。元より数えるほどしかいない観光客と釣り人、島民が遠ざかり、ただでさえ静かな島が一層、波の音だけに染まっていく。人の声と縁遠い場所はなぜか、鳥や虫の鳴き声も隔《へだ》たる壁があるように失われていた。

寂寞《せきばく》と耳鳴りが左右から苛《さいな》んでくる。目を瞑《つむ》ると身体《からだ》がぐらぐら、意識していないのに左右に揺れていることに気づく。地面と自分、どちらが微弱に揺れているのだろう。

揺りかごとは違う、人を不安定にさせる左右の運動に心が軋《きし》む。遠い便《たよ》りのようにしか生き物の気配を感じない場所へ、なにをしに来たのか。

ずっと瞼《まぶた》を下ろしているとそれを忘れてしまいそうで、慌《あわ》てて押し上げた。

目を開いた後、逃げるように崖から引き返して島の中心へ戻っていく。

そして身体が前へ進む度、車輪が回る。

からからと、歌うように。

一章　『振り返ると全力で』

時計が鳴る。一個、二個、三個と。八個、九個、十個と。

すべてが七時を指し示し、一斉にアラームを鳴らす。おまけに鳩時計《はとどけい》まで飛び出した。その鳩にはいつ書いたのか落書きだらけで、目もとが特に酷《ひど》かった。なにあの死んだ目。

落書きと本来の目が合わさってセーニョマークに似ていた。あのSに似たやつだ。

鳩はともかく、うるさい。その一言に尽きる。一個でも寝ぼけた頭に立ち向かえるよう作られている目覚まし時計が束《たば》になったら、せっかくの健康な頭が病んでしまう。

寝《ね》ぼけ眼《まなこ》を擦《こす》る余裕もなく、僕は慌てて飛びつき、すべての時計のアラームを止めた。肘《ひじ》や腕《うで》を机の角で打って散々だ。途中、止め方がどうしても分からない時計があって、適当に叩《たた》いた後に、その時計はそもそもアラーム機能などないことに気づいた。

その時計はルービックキューブを模《も》した正方形で、中心の四角の中で長針、短針が時刻を指し示している。模してはいるが、ルービックキューブより一回り大きい。時刻を示す数字は、その周りを埋める四角形に描かれている。面白《おもしろ》いのは周囲のキューブを捻《ねじ》ると、1から12の時刻の位置が変わってしまうことだった。捻ると針の位置と向きは変わらないのに四時になり、十時になる。色をすべて揃《そろ》えると、正しい時間になるというわけだ。

手にしていると、その時計を透《す》けて思い出が見えてくる。今でも少し胸が痛い。

いや、鼻の方が痛くなりそうだった。

かちゃかちゃかちゃかちゃと揃えてみる。こいつを手早く揃えられるのは、島では僕ぐらいだ。

他《ほか》の人はマジメに取り組まないという意味を含めても、だが。

そして揃えて、明らかになった時刻は七時五十分だった。

「……こら！」

最後までしつこかったくるっぽー、くるっぽーも引っこむ。

止まった後も落ち着くまで耳栓《みみせん》代わりに指を突っ込みながら、苦笑をこぼした。誰の悪戯《いたずら》か知らないが、懐《なつ》かしいことをやってくれる。指を引っこ抜くと、耳鳴りが押し寄せた。

生憎《あいにく》と博士からの電話がかかってきたりはしないようだ。

僕の部屋の机にはかつて参考書の山があった。問題集の丘があり、谷間から流れる川は消しゴムのカスだった。しかし大学生となってから、机の上を占拠するのは時計となった。

様々な置き時計がある。赤くて古臭い目覚まし時計に、縁《ふち》が黒い丸形時計。オレンジ色で縦に長いデジタル時計もあれば、壁には鳩時計まで飾ってある。鳩時計は僕がこの部屋を与えられたときからずっと飼っているペットのようなもので、愛着はそれなりにある。

それはさておき、七時五十分である。他の時計は七時を指しているからそっちが正しいことを願うが、どうもそんなに都合良くいかないようだ。頭から血《ち》の気《け》が引く。急いでも船に間に合うか分からない。本土《ほんど》の大学へ向かうには八時に出る船に乗るしかなかった。次の十一時の便では、十二時に取っている講義に間に合わない。鞄《かばん》を摑《つか》んで大慌てで部屋を出た。寝癖《ねぐせ》は船に乗っている間に直そう。乗れたらだけど。

家の中は静かだった。両親共に朝は早く、残っているのは祖母だけだ。その祖母も今日は大人《おとな》しいようだ。ホッとする気持ち、苦い気持ちを引きずって階段を下りると、その祖母に玄関で出会《でくわ》した。思わずギョッとなり、階段の最後の段を踏み外しそうになった。

祖母は下駄箱《げたばこ》の脇《わき》に裸足《はだし》のままで座りこんでいる。顔をしかめていると、その白髪《しらが》頭《あたま》が妙《みょう》な角度をつけて振り返り、僕を捉《とら》えた。にこーっと、愛想《あいそ》良く笑う。だけど祖母は本来、そんなに愛想を振りまくような性格ではなかった。

「おぉぉああ、やがみさん、お出かけ？」

祖母は僕をやがみさんと呼ぶ。勿論《もちろん》、僕の名字は八神《やがみ》などではない。そもそも、祖母が孫を名字で呼ぶはずがなくて、つまりはそういうことだった。認知症だ。

九年前、近くの小さな畑を一人で世話していた祖母の背中はすっかり萎《しぼ》んで、自分を見失ったようにへらへらと笑顔を振りまいている。厳格で、芯《しん》の通っていた祖母は畑を弄《いじ》っている最中に足首を捻《ひね》って以来、一気に老《ふ》け込んでしまった。今では世話をしている両親に疎《うと》ましがられている有様《ありさま》だ。祖母に色々と世話になった僕としては、直視しづらい。

部屋の時計を弄ったのは祖母なんだろうか？　だけど祖母は右足を痛めているから、階段も上れないはずだ。となると、両親のどちらかかもしれない。

「行ってきます」

「きぃぃおつけてねぇぇ」

妙なアクセントながらも手を振ってくれた。今日は反応があって、少し嬉《うれ》しかった。

玄関は鍵《かぎ》がかかっていなくて、難《なん》なく横に開いた。不用心《ぶようじん》な。

家を出るとまず広がるのは階段だった。下り曲がるようにくねっている、細い坂だ。ヒビの入った石膏《せっこう》のような地面も山道みたいに傾いている。この島は船着き場周辺を除き、道が山地で坂となっている。坂から直《じか》に階段が伸びていることもあり、どこまでが家の庭で、どこまでが道なのか判然としない。昔は迷路みたいで大好きだった。

十月の空は夏よりも、冬よりも高い。青く澄《す》んで、高く感じられる。風は狭苦しい道に立っていると建物に遮《さえぎ》られて、こちらまで届かない。無風で、雲も動いているか判別しづらく、太陽もずっと同じ位置にあるようだった。時の止まった島と言われるだけある。

しかし時が止まろうと定期船は待ってくれない。

向かいの家では、ミー婆《ばあ》とみんなに呼ばれているお婆さんがプランターの手入れをしていた。僕が子供のときからお婆さんで、今も変わらず老婆《ろうば》であるその人が妙にニヤニヤとこちらを窺《うかが》っている。僕はそこでハッとなった。この人は悪戯好きでも有名であることを。

そして家の鍵が不用心にも開けっ放しであるということ、この符号が意味するものは。

「急がんと間に合わんよー」

青いスコップを片手に、ミー婆が急げ急げと囃《はや》し立てる。僕は犯人を恨《うら》む暇《ひま》もなく坂を上り、北側の船着き場を目指す。坂の途中の階段を三段上ったあたりで目に入る家を一瞥《いちべつ》して、立ち止まる。そこの二階の窓に目をやった後、逃げるように走り出した。

僕の住んでいる離島《りとう》は太平洋側に面して、人口数は三桁《さんけた》。五百人前後だったと思う。小学校から中学校までクラスは一つで、島を訪れる定期便は日に四本。二時間もあれば島内を一周できて、観光客用の宿泊施設は民宿が二件ほど昔はあったけど、どっちも廃業してしまった。ＡＴＭは郵便局に一台きりで、コンビニなんてあるはずもない。飲食店も三つ、四つで数え終わる。残念ながら喋《しゃべ》るカカシはいないし、誰も知らないような秘境ではない。

昔々、この島を舞台にした小説があって島側も観光資源に取り上げている。島には神様が住むとか、時が止まっているようだとか噂《うわさ》されているけど、物心《ものごころ》つく前から島に住み続けている僕も、父も、祖母も誰一人として神に出会ったことはない。多分、神様も都会の方へ移り住んでしまったんじゃないかと、僕は密《ひそ》かに睨《にら》んでいた。

そんな島の名前は、針島《はりじま》といった。

他人様《ひとさま》の家の塀《へい》に上って、空を見上げている猫《ねこ》を一瞥しながら階段を駆《か》け上がり、坂を走る。こんな坂だらけの島なのに、年に一度は自転車レースを行うのだから不思議である。

住宅地前の坂を上りきって、別の下り坂に差しかかろうとした直後、目に入ったその背中にびくりと肩を震《ふる》わせる。祖母とは違った感情に基《もと》づき、直視できない背中があった。

上半身は細身ながらも筋肉質でたくましい。僕より太い腕と首周りを、彼女はサイズの一回り大きい上着で隠している。対照的に足は杖《つえ》のように細く、精彩がない。枯れているようだった。それは八年前、彼女がまだ小学五年生だったときの足よりも細々としている。

彼女は車いすに乗っていた。フレームの赤色が目立つ車いすだ。段差の酷い道で往《おう》生《じょう》している。この島は車いすでの生活などには一切、対応していない。人口数が千人を切るような過疎《かそ》の島は、本土のようにはいかないのだ。そもそもこの島で車いすを利用しているのが、彼女だけなのだから。

相変わらず、変わった髪の色をしている。髪の根もとは黒いのに、先端に行くにつれて茶色に染まっているのだ。特に手を入れたわけではなく、地毛である。故《ゆえ》に目を惹《ひ》く。

彼女も後ろからやって来た僕に気づいている。だけど振り向かず、完全に無視している。声をかけたらそれこそ、唾《つば》でも吐きかけられるだろう。だから僕も彼女を無視した。

僕は彼女を嫌っていない。だけど避けたい気持ちは確かにあって、そして彼女の方は僕のことが大嫌いなのだから、見ないフリをすることで利害は一致していた。

僕と彼女の仲は最悪に近い。殴り合いの喧嘩《けんか》にまで発展した僕たちの関係は、他のことは記憶から薄《うす》れるほど時間が経過した今も尚《なお》、復興の兆《きざ》しはない。

それこそ、マチという彼女のあだ名が姓名、どちらに由来するのか忘れるほどに。


あいつの名前はニアという。あだ名なんだけど、誰もがそう呼ぶ。

わたしも昔はその名前を何度も口にした。だけど今となっては、代わりに唾を吐いてしまう。今も横を通りすぎたことに気づいていたけど、お互いに声もかけなかった。かけたら吐きかけるつもりだった唾を飲みこむ。無駄《むだ》になった唾は生暖《なまあたた》かった。

さっき通りすぎた癖毛の元同級生、玻璃綾乃《はりあやの》という男も自転車で通りすぎる際、派手にこちらを振り向いて不愉快だったけど、ニアの方は格別だ。途中までは忙しなかったようなのに、わたしを通りすぎた後はなぜか歩いているのが気に食わない。まるで、すれ違うことを求めるように。わたしを待っているように。

同じ方向へ進むことが嫌だったので、下り坂を諦《あきら》めて家へ引き返すことにした。坂を下っているあいつが途中、一度だけこちらを振り向いた気もしたけど視界にも収めなかった。

引き返すと途端《とたん》、自分がどこへ行こうとしていたのかも忘れてしまった。

戻ってもわたしの進む場所は下り坂で、上るときより怖い。止まれなかったら、という恐怖は車いすにどれだけ乗っていても拭《ぬぐ》い去ることができない。昔、この坂を駆け下りていったわたしはその数年後、歩けなくなることを知らない。当たり前なんだけど。

途中の塀の上にいる猫がくてぇっと身体を倒し、眠り込んでいる。かわいい。

この島は猫ばかりで犬がいない。灯台《とうだい》にも野良猫《のらねこ》ばかりが住み着いている。なんでも、島の神様は犬が嫌いだそうだ。本島の方と違って保健所がないから、誰も猫の駆除《くじょ》なんかしない。勝手に生きて、勝手に死んでいく。大半、餓死《がし》だけど。

弱っている野良猫を助けていてはきりがない。だから拾ってくるなと両親からきつく言い渡されていた。事実、わたしとあいつは小学四年生のときに野良猫を助けようとして、結果、その死に直面することになった。わたしたちは無力で、どうしようもなかった。

それからも島にはたくさんの猫がいて、そしてどれもこれも死んでいく。

人間も例外ではなかった。

この島は息苦しい。船が来る度、新しい人間が来る度に島中が緊張《きんちょう》して、その動向を見張っているみたいだ。島の人間は外の連中が入りこんできて、自分たちの生活が壊《こわ》れることを常に警戒している。排他的で、表向きの愛想しか持ち合わせていない。わたしみたいな立場の人間にも、温かいわけじゃない。島民って、そういうものだ。

坂の前から引き返して五分もかからないうちに、自分の家の前まで戻ってくる。門前で近所の家をぐるりと見回す。先程、家を出るときに近くの家で異様に騒《さわ》がしいところがあった。目覚まし時計のベルを十個ぐらい一遍《いっぺん》に鳴らしたような音で、どこかのバカがくだらないことをしているのだろうと思った。

家に入るとそれを見計らったように電話が鳴った。携帯電話ではなく、自宅の固定電話だ。子機を階段の下で取って、家族が不在であることを確かめてから通話ボタンを押す。

耳に添えるともしもしも素っ飛ばして『はいこんにちはー！』とか叫んでいた。

うぜぇ。

「やられた」

定期船の運んできた新聞や積み荷を持つ人たちを前にして、額《ひたい》を押さえる。全力で走れば間に合うと誰かが保証してくれたわけじゃないけど、間に合わないとやはりやるせない。

定期船はもう出発してしまっていた。まだ目と鼻の先ではあるけど船は着実に船着き場から離れていく。泳いで追いかけてやろうかと、膝《ひざ》に手をつきながら無茶《むちゃ》を一考する。

船の甲板《かんぱん》に立っている知り合いのおっさんたちが、間に合わなかった僕に気づいて生暖かい笑顔を向けていた。前に観《み》た映画でもこんな場面があったな、と思い返す。

ミー婆に文句でも言ってやろうかと思ったが、しかし時計の針を弄った証拠はない。

自転車を使えばよかった、と今頃《いまごろ》になって気づいた。

呼吸が落ち着いた頃、諦めもついた。膝から手を離して汗を拭う。坂を走りきって膝はがくがくだ。船着き場周辺の平地に立っているのに、身体が斜めを向いている気もする。

間に合わんかったなー、と今日の朝刊の束を抱えているおじさんが僕に笑いかけてくる。見知った顔である剣崎《けんざき》さんは軽トラの荷台に新聞紙を積み込んだ。

島の中に自動車は三台しかない。しかもうち、二台は軽トラだ。更《さら》に言うとその中の一台はナンバープレートが吹っ飛んでいる。信号の存在しない島に道交法などない。

「目覚まし変えた方がいいんじゃねぇの？　もっと激しいやつに」

「考えとくよ」

こちらも笑って答えてから、船着き場を後にした。島はどこへ行っても顔見知りしかいない。島の人たちは本土の人間を敬遠するけれど、同じ島民には大らかで気さくだ。

僕には愛想が良くて、マチには悪い。島の中で率先《そっせん》してマチを助けるのは家族だけだ。

マチはこの島の生まれだ。けれど小学五年生のときに本土へ引っ越していった。当時はまだ車いすじゃなくて、島を誰よりも速く走り回っていた。四年前、島に帰ってきたときにその足は衰《おとろ》えきって、代わりに頑健《がんけん》な上半身と車いすを携《たずさ》えてきた。

マチが事故の類《たぐい》に遭《あ》ったとは噂で聞いたけれど、その詳細について、僕は縁遠い。

関心がないわけじゃない。知りたくないわけじゃない。でも今のマチは僕から遠すぎた。

船着き場を12として、島を半時計回りに進むと僕の家へ戻ることになる。時計のたとえを使うなら9時ぐらいの位置だ。だけどその道で、マチとすれ違うかもしれない。そう考えた僕の足は自然、時計回りの道を選んだ。

島を一周するための遊歩道には、苦い思い出が多い。

船着き場から離れていくと、島の中心には大きな山がある。それと北東には灯台が見える。猫の多く住み着いた灯台は、かつての僕たちの遊び場だった。子供たち、といっても学校の同級生が四、五人しかいないけれどみんなでよく、灯台の頂上に登り詰めて海を眺《なが》めていた。周辺に木《こ》っ端《ぱ》のように浮かぶ小舟には海女《あま》さんが乗っていて、僕の母も見かける機会が多かった。父は小学校の教師で、母は毎日、海に素潜《すもぐ》りしている。母はアワビ取りの名人であるらしい。さすがに高齢《こうれい》もあってか年々、潜るのがきついと愚痴《ぐち》をこぼすことが多くなってきた。

「お」

鞄の中で電話が鳴る。離島でも携帯電話は繋《つな》がる。パソコンもテレビも本土と変わらない。なくて不便なのはスーパーマーケットと出会いぐらいだ。はて、誰の冗談だったか。

電話に出る。すると特徴的な野太《のぶと》い声が耳の穴に飛びかかってきた。

『助手A、今から来い』

「あぁ、松平《まつだいら》さん。どうも」

招集命令の方は無視して挨拶《あいさつ》する。松平貴弘《たかひろ》。自称、天才科学者だ。

『ドクと呼べと言っているだろう』

「そうしたら僕をマーティとでも呼んでくれるのかい？」

『喜んでな』

「はいはい、タイムマシン作成に成功したらね」

『おぉ、そうか。じゃあ今日からは呼べるぞ、やったな』

一週間に三回は聞く宣言だった。この人のもとへ足を運ぶ度に聞く気がする。

『どうせお前、船に乗り遅れただろう。暇潰《ひまつぶ》しに世紀の発見に来い』

「なんで知ってるのさ」

『お前の家から十分で船着き場に到着するのは難しいからな』

「あんたが犯人かよ」

思わせぶりなミー婆はなんだったんだ。しかし言われると、ああなるほどと納得。

島民ではこの人以外に時計を弄ろうという発想は難しいかもしれない。

『助手Bの方も呼んだ。来るそうだ』

「マチが、ですか」

『ジェニファーと呼んだら死ねと返された。お前の女は手厳しいな』

僕の女じゃない。マチは誰の女でもないから、自分の言葉にしか耳を傾けない。

『で、来るだろ？』

「んー、分かった。十一時の船に乗るから、それまではそっちに行く」

『そうかそうか、待ってるぞ』

いやに上機嫌《じょうきげん》に松平さんが電話を切る。また、呆《あき》れるほど荒唐無稽《こうとうむけい》なタイムトラベルの方法でも思いついたのだろうか。テレビで時折紹介される、町の発明家より頻度《ひんど》が高くてそのバイタリティだけは感心する。成果は今のところ一切、伴っていないけれど。

松平貴弘という三十路《みそじ》も半《なか》ばのいい歳《とし》したおっさんは、タイムトラベルの研究に生涯を費やすと宣言するような男だ。十数年前に本土からやってきて、島民とほとんど関《かか》わりを持たないで生きている。なぜこの島を訪れて研究を始めたのかは、黙《もく》して語らない。

島民のほとんどは当初、自称科学者である彼を不安の目で見つめて訝《いぶか》しんでいたが今となってはすっかり馴染《なじ》んで、むしろ大半の人がその存在を忘れていた。

そんな男と親交があり、主催する研究所に度々遊びに行っている僕は、一体なにを求めているのだろうと不安になる。タイムトラベル。嫌いじゃないけど、馬鹿《ばか》げている。

遊歩道の途中、島の中心へ行く道と真《ま》っ直《す》ぐ進む道に分かれている。中心へ向かう道は神社の方へ続いているけど、最近はとんと足を運んだことがない。今日もまた、真っ直ぐ進む。毎年行われている祭りに参加したのは一体、何年前が最後だろう。

神社への分かれ道から少し外れて東側に出ると、木々の数が一気に増す。原生林のように茂っている。左側、島の中心に目をやると更に顕著《けんちょ》となる。この島はほとんどが山と木に埋め尽くされて、その隙間《すきま》に人が暮らしている。本土の蠢《うごめ》くような人間の群れがそのまま、植物となったみたいだ。

人の群れの中での生活と、手も加えていない木々に囲まれる暮らし。どちらが満たされているとは問わないけど、圧迫感があるのはどちらも同じだった。風がなく、汗が滲《にじ》む。

この道も例外ではなく、起伏が激しい。山に面した道は気を抜いて歩いていると段差で足を挫《くじ》きそうになる。車いすでは、舗装《ほそう》されていないこの道を進むことは容易ではないだろう。マチの事情も、車いすの使い勝手も知らない僕の根拠がない推測だけど。

ただし、マチは平地だと自転車と同じくらいの速度で車いすを走らせることができるのを目撃したことがある。あのときのマチは美しかった。後ろへなびく髪も、ほんの少しだけ前傾姿勢で疾走するその姿もすべてが綺麗《きれい》で、思わず見惚《みと》れてしまった。

「おーい」

声がしたので振り向く。さっきの剣崎さんが軽トラで坂道を下ってくる。窓から手を出して振っていた。振り返すと僕の側で徐行運転になる。この軽トラにはプレートがある。

「学者センセのとこに行くのか?」

「ん、まぁ」

「んじゃあこれ、任《まか》せた。学者センセに頼まれたものだよ」

おじさんが綺麗に包装された、小包というには大きい包みを助手席から拾い上げて、放ってくる。割れ物だったらどうするんだと思うほどぞんざいな扱いだった。宅配便で、表に書いてある名前は松平さんだった。送り主はオート、いやアウトスト、なんとか。英語は苦手だ。でも側の絵を見ると車関係の会社みたいだ。住所の方は針島と書かれているだけで、一方的だ。もっともこちらの住所に関しては、届けるのは船着き場で働く剣崎さんだから、名前さえ分かれば不要になる。島民すべての名前と住所を覚えるぐらいは僕でも容易《たやす》い。

「俺《おれ》はどーも、あのセンセが苦手でなぁ」

剣崎さんが苦笑して、頼むと投げてくる。ヒゲと髪まで日焼けしたように色濃《いろこ》い顔がくしゃりと歪《ゆが》む。笑うと大黒様《だいこくさま》みたいな顔つきになる剣崎さんは、その顔に負けず温厚だ。

僕だって松平さんが得意なわけじゃないが、「分かった、届けるよ」と荷物を掲《かか》げた。持ち上げた小包は軽く、中身が入っているか不安になる。振るとなにかがかさりと動いた。

僕が受け取ったことに頬をほころばせ、剣崎さんの軽トラは来た道を引き返していった。東側には、変わり者への配達一件でお終《しま》いだったらしい。西側と南側に家が密集していて、発電所が動いていた頃は、東側も人が住み着いていたと聞く。

島の東側には発電所がある。恐らく、島の中でもっとも大規模な設備だろう。昔はこの発電所で、島内の電気をすべて補っていた。けれど、稼働に伴う騒音や煙が公害と認められて以来、出番はなくなった。現在は本土の方から供給される電気で安定するようになったけど、それが断たれた際の緊急用に残されている。しかし、点検や手入れも怠《おこた》っているのに、緊急の場面のぶっつけ本番で動くのだろうか？　と少々懐疑《かいぎ》的《てき》だ。

その発電所の側に掘《ほ》っ立《た》て小屋《ごや》のような怪しい建物があり、そこには『松平科学サービス』と書かれた看板が掲げられている。看板には薄《うす》く『地球防衛隊』と前身の名《な》残《ごり》が見える。昔にあった旅館の壁にべたべたと張りついていた看板の一つに、こんなのがあった。

自称、松平科学サービスの手前にはプレートのくっついていない軽トラが停《と》まっていた。信号のないこの島では道交法など無力だ。僕が生まれてからずっと、事件の一つも起きやしないし。

……いや、水難事故はあったかもしれないな。溺《おぼ》れて死んだやつがいた気もする。

それと松平号と名づけられた古臭い自転車が、今日も退屈そうにジッとしていた。

松平さんがそいつに乗って島の中を巡っている姿は見たことがない。

ドアを引いただけで音もなく崩《くず》れ落ちそうな小屋に入る。室内の床は板張りで、内部の腐っている箇所《かしょ》がごまんとある。割れた板の隙間から植物がにゅるにゅると生《は》えて育ってきている。天井も発電所のフェンスから伸びた蔓《つる》が絡《から》みついて、ジャングルの様相《ようそう》だ。

この小屋はちょいと規模の大きい地震《じしん》が訪れたら瓦解《がかい》することを経験上、保証する。何年も前にそんなことがあった。あのときは僕も駆り出されて、後片付けに着手した。

その後にそれが無駄になることを知っていたら、手伝わなかったのになぁ。

部屋の中心には用途不明の機械を大量に設置して、しかも機械の上に学術書や雑誌類を大量に積み上げてある。僕の部屋に負けず劣らず時計だらけで、しかもすべての時計の針はバラバラの時間を差していた。正確な時間を計っているのは壁掛け時計しかない。

設定した人間に言わせると、『時計だって好きな時間に生きたいだろう』とのことだ。

それと小屋の隅には松平さんが回収してきた廃品が整理もされずに積まれている。変な瓶《びん》とか、看板とか。島民が捨てたものや浜に流れ着いたものを回収するのが趣味で、しかも有効活用されることはほとんどないときた。本当に趣味でしかないとは恐れ入る。

中央の機材と時計を前にして、窮屈《きゅうくつ》そうにいすに腰かける大柄な背中が出迎えた。屋内に引《ひ》き籠《こ》もる学者という職種からは連想しづらい、頼りがいのある体つきだ。ずんぐりむっくり、熊《くま》の如《ごと》き身体が振り向く。

「やっと来たか。ほれ、そっち用意しろ」

挨拶も抜きに松平さんが、配線の混線している機材の方を指差す。体型と異なり、狐《きつね》のような細長い顔つきであるその人の座る四角いいすは脚が一本短い。そのせいで椅子と松平さん自身も傾いている。他にも椅子があるのに、松平さんはいつもそこに座っている。

「僕はここのバイトじゃないんだけど」

マチはまだ来ていないようだった。そりゃ、そうだろうな。恐らくマチの方も僕と道で鉢合《はちあ》わせないよう、反時計回りにここへやってくるだろうから。

南側を大きく回ってくると、時間がかかるのだ。

「うるさい、ここでは俺がルールだ。マイネームイズルールなのだ！」

「荷物預かってますよルールさん」

「済まん、言いすぎた」

自らの過《あやま》ちを素直に認めた。松平さんは薄い顎《あご》ひげを撫でてから、ふふんと笑う。

その得意げな顔に包みを放ると、椅子から転げ落ちながら受け止める形になった。大げさに床を転がって埃《ほこり》と植物の葉を巻き上げながら、飾ってある巨大なトーテムポールに頭部をぶつけた。陸に上がったエビのようにしばらく悶《もだ》えた後、包みを両手で掲げる。

「おぅ、これこれ。これが今回の決め手なんだ」

「料理の隠し味みたいなもの？」

「いや、まったく違う。もっと実用的だ」

隠し味も十分、実用的だと思うけど。

待ちきれないとばかりに、ハサミも使わないで包みの封を引きちぎる。慌《あわ》ただしく中身を覗《のぞ》きこんで、松平さんがニヤリと唇《くちびる》を歪める。思わせぶりだ、よって、期待できない。

この人の実験に付き合って、これで何度目だろう。その度にこの笑顔を見せつけられてきた。そしてすべて騙《だま》されてきた。相手はタイムトラベルという大物だから、当然なのだ。

「それ、なにが送られてきたの？」

「パーツだよ。表にあったろ、マイカー」

「あのぼっこい軽トラ?」

「おう。修理は二度目だからな、今度は無駄なものを買わずに済む」

「はぁ」

気のない返事をする僕と対照的に一層、松平さんの活力が満ちる。包みを大事そうに抱えたまま靴の踵《かかと》を大げさに鳴らして歩き回る。待ちきれないように動き続けて、衝動《しょうどう》が収まったように落ち着いた後は僕に向けていつも通り、悪人面《あくにんづら》で微笑《ほほえ》みかけてくる。

ドクター松平が言った。

「時間旅行の準備はいいか?　歯ブラシと枕《まくら》ぐらいは用意しておけよ」

バイト先の上司である松平貴弘に来いと命じられては、出かけるしかなかった。タイムトラベルの研究などという頭の悪いことに真剣に取り組んでいる彼のもとで働くのは、単にお金のためだった。この島でわたしを雇う場所はそこしかない。片手で事足りるような数しかない飲食店はどれも店内が狭く、車いすの店員が行き来するには不適当だった。

しかも松平貴弘は金払いがいい。あんな掘っ立て小屋のへっぽこ科学者に資金援助をしている好事家《こうずか》の気が知れない。もしくは松平貴弘の家が金持ちなのだろう。羨《うらや》ましい。

入りくねって、階段だらけの住宅地から抜け出すのは人生の縮図のように厳しい。こっちの都合などお構いなしに、すぐに来いと松平貴弘は催促してくる。だけどどれだけ遅れても、松平貴弘はそれを咎《とが》めることがない。きっと、口癖のようなものなのだろう。

時間の研究ばかりしていると、せっかちな性格になるのかもしれない。

「…………………………」

あいつも来ると言っていた。来なくていいのに。なんで来るんだろう、あのバカ。ニアとすれ違うのが嫌なので、島の南側を通ることにする。船着き場から離れた南側の方が人の往来も少ないので、わたしはこちらの道を好んでいる。ニアもそれを知っているからか、滅多《めった》に島の南をうろつかなくなった。大変に素晴らしいことだと思う。

からからと車輪の回る音がする。けれどそれは段差につまずくように途切れて、美しくない。わたしは滞《とどこお》らずに回り続ける車輪が、昔から好きだった。魅《み》せられてきた。

だから自転車に乗ることを愛して、今は車いすの二つの車輪を愛《め》でている。

南側の舗装されていない道を抜けると、南東に玻璃の浜と呼ばれる、カルスト地帯を含んだ海が広がっている。カルストの白色と海の青のコントラストが見事で、見かける度に息を止めるほどの感動を覚えてしまう。

歩けなくなってから、わたしの目に映る風景はモノクロのようだった。だけどその景色だけはいつも清新《せいしん》に、わたしの世界に色を塗り与える。吹き込む潮風《しおかぜ》と共に世界は息吹を吹き返し、手足が一センチだけ余分に伸びるような、微《かす》かな解放感に包まれるのだ。

……だけど本当は、いくら手を伸ばしても届かない。かつての背中に、指は触れない。

玻璃の浜の隣《となり》は小学校で、今は二十名ぐらいしか生徒が在籍していない。わたしのときは四十人ぐらいだったけど、過疎の影響《えいきょう》か年々減っている。五百人前後の住人のうち、半数は高齢者だ。島を上空から見下ろしたら、お爺《じい》さんたちの白髪で真っ白に見えるんじゃないかと誰かが冗談を口にしていた。あながち冗談とも思いがたい。

この島には音がない。生活の音楽が欠けている。子供たちの走り回る声も、活気に溢《あふ》れた働き手の動き回る騒々しさも、なにもない。寂寞に等しい静けさが風と共に島を沈下して、わたしたちの猛《たけ》っているものを奪い取っていく。気を抜くと、ニアに向けたわたしの怒りさえ引《ひ》き剝《は》がそうとしてきて、この島は得体《えたい》が知れない。

風で木の葉の揺れる音だけが世界を、落ち葉に敷《し》き詰《つ》められた道のように埋める。時々立ち止まって、見上げればそこにはいつも木漏《こも》れ日《び》があった。

「……げ」

ちょっとした感傷に浸っていると、前から人影がやってきた。灯台守の仕事を代々務めている家の人で、前田さんだったと思う。二十代半ばの女性で、島民の例に漏れず肌は浅黒い。下は水着で、上はべったりと濡《ぬ》れて肌に張りついたシャツを着ている。胸もとが透けているけど、水着は一応着用しているようだ。健康的に焼けた肌を存分に披露《ひろう》している。

濡れて固まった髪の先からは水滴が垂《た》れ続けていた。ゴーグルの跡が顔に残っている。

島中の人間から爪弾《つまはじ》きにされている、前田《まえだ》家の長女は今日もへらへらと笑っていた。

当然、わたしもこの人が大嫌いだ。島民の中でも一番と自負している。

素知《そし》らぬ顔ですれ違ってほしいと願って車いすを前にやると、そうした祈りを嘲笑《あざわら》うように、前田さんが来る。

「よっす」

「……どうも」

わざわざ回りこんできてわたしの視界いっぱいに映る前田さんが、白い歯を見せつけて笑いかけてくる。笑い方はこの人が女子高生だった頃と、なんら変わらない。

「ふむふむ」

わたしの顔を不躾《ぶしつけ》に観察してくる。車いすを後ろに引くと、その分距離《きょり》を詰めてくる。諦めて、居心地悪くその視線を受け止めた。この人は仕事もしないでまた、海へ出かけていたのだろうか。海水浴の季節は終わっているのに、よく平気で泳げるものだ。

「なんだ、顔色いいじゃん」

「はぁ」

「病気で療養中《りょうようちゅう》って噂だったけど」

おいおい、と眉《まゆ》をしかめる。世間ではそんな風に扱われていたのか。生憎とここ数年、風邪《かぜ》の一つも引いていない。リハビリに必死でそんなものを患《わずら》っている余裕はなかった。

「あんた色が白いねぇ。この島の子とは思えないよ」

ばふばふと頭を無遠慮《ぶえんりょ》に叩いてくる。その手をはね除《の》けて、溜息《ためいき》。

人と向き合っただけで疲れる。見上げて話をするのは、今でも苦手だ。

髪から垂れてくる水滴は潮の匂いがする。そもそもこの人はどうして、わたしに屈《くっ》託《たく》なく話しかけてこられるんだろう。頭のネジが海水で錆《さ》びて機能していないとしか思えない。

「彼氏とは上手《うま》くやってる？」

「そんなのいません」

「あ、そ。なにしに本土の方へ行ったんだか」

前田さんが肩を竦《すく》めた。無言でいると、前田さんから先に顔を離してくれた。

「恋愛はやっぱ、年上に限るよねー……」

歌うように持論を振りまきながら、ふらふらと行ってしまう。遊び人然としているけど、実際、島の中では居場所がない人だ。働きもしていない。それでも多分、働き場所を求めればどこかあるんだと思う、わたしと違って。

この小さな世界はわたしが外で体験した日本と、明らかに異なるものを固持している。食べる魚の種類、独自の祭りに人との距離感、そして時の流れ。独自の進化を遂《と》げてきたのは人と島だけでなく、時間にも及んでいる気がしてならない。この島は、異質だ。

定期船で、本土から島へやってくるときを思い出す。海の向こうで霞《かす》みがかった島へ近づく最中の船は、なにかに招き入れられるような感覚に包まれている。呼び込まれるような、吸いこまれるような。幽霊《ゆうれい》と神様を信じてなくても、なにかの意志を感じてしまう。

この島は、なんなんだろう。

それからは小学校が極力、目に映らないよう俯《うつむ》きながら研究所へ向かった。もしかしたらと期待したけど扉を開けたらすぐ、その淡い希望は打ち砕かれた。ニアがいた。たこ足配線の側に屈《かが》んで、なにか作業していた。

やっぱり、定期船には間に合わなかったみたいだ。ざまぁみろと思う反面、行ってしまえばよかったのにと舌打ちする気持ちもある。なにがどうあろうとニアは気に食わない。

「お、やっと来たか。助手B、トイレを済ませておけ」

いきなりセクハラ寸前の指示を飛ばす松平貴弘は、小さな箱のようなものを弄《いじ》くり回している。大柄な身体で机に覆《おお》い被《かぶ》さるように前屈みでいると、熊が蜂《はち》の巣に頭を突っ込んでいるようだった。扉を閉じてから、わたしはニアと距離を置いて部屋の隅《すみ》に落ち着く。

ニアが一瞥をくれてきたけど、すぐに目を伏せて作業に戻る。ニアが負い目《おめ》を感じるのは当然で、けれど愁《うれ》いを帯びた目を向けられるとこっちまでつられて、気分が沈むのは最悪だった。胸を強く叩いて、弱い心に鞭《むち》を打つ。嫌うことを、疲れるな。

「おいトイレ」

うるせぇ。恥ずかしい上に、しつこい。

「さっき行ってきたばかりだから、結構です」

こんなことを女に言わせるな。松平貴弘が肩を竦めた。

この島で、わたしのような人間のことも考えてトイレの設備を整えてあるのは自宅と、この研究所ぐらいだ。人数が少ない以上、怪我人もまた出づらい。だから島の歴史上、わたし以外には一人もいないのかもしれない。そう愚痴めいたものをこぼすと、やんわりとした否定が上がった。

「いんやぁ」

松平貴弘が顎に手を当てて、間延《まの》びした声と共に振り向く。

「前にいた気もするぞ、うろ覚えだが」

「……あ」

そういえば、わたしにも覚えがある。一人いたのだ、以前にも。その人も生きづらそうに、しかめ面で島の中を回っていた。当時のわたしは、不便ならここで暮らさなければいいのにと不思議に思ったものだ。その問いかけは今、自身の身に降りかかっている。

どうしてわたしは、この島で生きているのだろう。

息苦しくて、嫌いなやつまでいてなぜ、離れられないのか。

「おい、そっちは繋ぎ終わったか?」

松平貴弘が箱を弄りながらニアに確認を取る。ニアはわたしに気を遣《つか》うように声を上げず、黙《だま》って顎を引いた。そういうところが気に食わない。鼻を鳴らして、顔を背《そむ》けた。

「よし、じゃあこいつとそれを積むから、お前たちは表の車に乗れ」

松平貴弘が小箱のようなものを抱えながら、入り口を指差して指示する。

「車って、え、まさか」

ニアがだらしない半笑いを浮かべながら松平貴弘の顔を窺う。その洞察《どうさつ》を褒《ほ》めるように、松平貴弘に笑顔が灯《とも》る。腰に手を当てて、図工の作品を自慢する子供みたいだった。

「やはりタイムマシンは車型だ。カーペット型も捨てがたいんだがなぁ、近未来的で」

車型のタイムマシン？　まさか表のやつを改造したのだろうか。勿体《もったい》ない！

この島で車がどれだけ貴重なのか、分かっていない。個人宅で所有しているのはわたしの家と剣崎というおじさんぐらいだ。あ、松平貴弘も一応該当するのか。わたしの家は、もしものときにわたしと車いすを運ぶために必要だと父が購入したのだ。父もわたしも別段、車自体に興味があったわけじゃない。わたしなんか四つタイヤがくっついていれば、どれも車であると認識してしまう。種類とかは一切気にしたことがない。

「おらどうした、助手B。さっさと行け」

松平貴弘が手を下からすくう仕草まで交えて急かす。見るとニアの方は、準備していた配線の先にあった機械を抱えて、言われたとおりに入り口から出ていく。あいつはここで働いているわけでもないのに、どうしてこんな胡散《うさん》臭い実験に付き合っているのだろう。

丸まった二つの背中に辟易するように息を吐いてから、その後を追った。車に乗れと言われたことが少なからず、わたしの心を重くする。車の乗り降りは、嫌いだ。

色んなことを自覚しないといけないから。

研究所の外に出ると、心が浮き立っているせいで挙動の激しい松平貴弘が気持ち悪かった。表のぼっこい車に妙な箱と、ニアの運ぶ機械を詰めこんで作業を始める。運転席の方から上半身だけ突っ込んで、下半身は外に出したままだ。足と尻《しり》が慌ただしく動いて、溺れているようだった。ニアも手持ちぶさたなのか、車の周りをうろうろしている。

「前回みたいに爆発《ばくはつ》とかしないでしょうね」

小規模とはいえ火花が散り、炎も上がった。島の人たちは発電所から火が上がったかと勘違いして、大慌ての大騒《おおさわ》ぎとなった。わたしまでその仲間と思われて冷たい目に晒《さら》されたことは忘れようがない。ちなみに松平貴弘は、なんとそのとき現場から逃げ出したのだ。

「任せろ。今度は師匠のお墨付きだ」

「師匠？」

「俺が師事していた博士だ。素晴らしい人だったなぁ、うん」

右足の膝から下がぴょこぴょこ跳ねる。言い方からすると、故人に聞こえる。でもお墨付きということは存命していなければおかしい。そして生きていても死んでいても、その人はおかしい。タイムトラベルの研究なんて大真面目《おおまじめ》に取り組む時点で、みんなアホだ。

時間旅行に興味がないとは言わない。だけど毛ほども信じていない。そういうものは映画や小説の中で楽しめばいいのであって、現実に空想を持ちこんではいけない。

そして言っちゃあなんだけど、こんな島のポンコツ科学者がオンボロ車を改造してタイムマシンにできるとは思えない。下半身がジタバタともがいていることも、やるせない。

「よし、完了だ！　さぁ乗れ、ボクの仲間たち！」

運転席からずり落ちた松平貴弘が激しく手招きしてくる。後半が嫌《いや》すぎるので無視していると、ニアは運転席に乗りこんでしまう。あいつはやはり、松平貴弘の仲間だったらしい。でもわたしは違う。そっぽを向いて、自然を楽しむ。蜂が木の奥に群がっていた。

なにか甘い匂いに誘われたのだろうか。それとも、巣を襲《おそ》うなにかと戦っているのか。

「助手BのBをババァのBにされたいのか？」

「普段《ふだん》はなんな、の、きゃ！」

松平貴弘がなんの了解もなくわたしを抱えて、連れ去り、乱暴に車の助手席に放りこんでしまう。薄く安っぽいシートは衝撃を欠片《かけら》も吸収せず、臀部《でんぶ》の骨に痛みが染《し》み渡《わた》る。落下で無造作に垂れた前髪を掻《か》き上げながら文句を口にしようとすると、松平貴弘は既《すで》に車いすを畳んで後ろに載せようとしていた。触らないで、と悲鳴のような声が漏れてもやつは一切無視だ。

「勝手なことしないでよ」

「親切心だ、旅行先でも必要になるだろうからな」

まるで日帰り旅行の準備をしているように、淡々とした物言いだった。

手慣れたもので、早々に積み込んでしまう。この男は本当に、わたしたちが過去へ行くと信じているみたいだ。毎度のことではあるけど、これでお金が貰《もら》えなかったらやってられない。こんな、失敗するしか未来のないお遊びに付き合って。

助手席はとにかく狭苦しい。しかも饐《す》えたような古臭い臭《にお》いが座席の背もたれから漂《ただよ》ってきて、背中を預けることに抵抗を持ってしまう。ボードの上も整頓《せいとん》されてなくて、夏祭りの案内と何年前か分からないほどの黄ばんだ新聞、それに鼻をかんでから捨てていないティッシュが乾燥して転がっている。実験と称する酔狂《すいきょう》が終わったら、一秒でも早く降りたかった。

なにより、すぐ隣にニアが座りこんでいることが許せない。

「……ん？」

ボードの部分にルービックキューブ型の時計が置かれている。それがタイマーの役割を果たしているみたいで、配線が内部に繋がっていた。妙に見覚えのある時計で、ニアも「あれ、これ」とぼそぼそ混じりの反応を見せている。ニアと同じものを見ているのが嫌で目を逸《そ》らした。後ろを向くと、そこで目が留まった。目を細めて、凝《ぎょう》視《し》する。

後部座席の方でなにか音がした、ように聞こえた。積んであるなにかが崩れたのだろうか。

「よい旅をー」

窓の外で松平貴弘が手を振っている。しかもビデオカメラを回していた。

わたしはすぐに窓ガラスを閉めて、座席の下で中指を立てた。

馬鹿馬鹿しい。

バカバカしいにもほどがあるけど、僕の心臓《しんぞう》は好奇心で脈打っていた。

製造から十数年は経《た》っていそうな、異臭の酷い軽トラの運転席に座っているだけで血流が速まる。様々な因子が加速して僕の頭を明晰《めいせき》なものに仕立て、世界に明朗な光を生む。

年甲斐《としがい》もない興奮《こうふん》で手首の脈も確かなものとなる。痛いほどだ。対照的に胃の底が弛緩《しかん》したように緩《ゆる》く、不安定な面持《おもも》ちになる。反応が極端で、首から下が宙に浮いているみたいだ。落ち着かなくて、解消できなくて、足の貧乏揺すりが止まらない。

時を超える。連綿《れんめん》と続く時間の線から一歩、外にはみ出る越権《えつけん》行為。

夢を見ない方が嘘《うそ》だ。澄まし顔どころか不機嫌そうにしているマチが信じられない。

マチは一刻も早く車から降りたそうにして、窓の外に大げさなほど向いている。

彼女もかつては一緒に、夢を思い描いてはしゃいでいたのに。

僕だけがその過去に囚《とら》われて、抜け出せていないみたいだった。

そして果たして、僕は何回この科学者に騙されるのだろう。

さて。

マチと軽トラに乗りこんだ僕の心境を正直に語ると、免許がない。

いや運転免許なんか持ってないんだ。教習所なんて島にあるはずもないし、家に駐車場もないのだから。だから走り出せ、と指示されたらどうしようと冷や汗をかいていた。

そうして不安や焦燥《しょうそう》、据わりの悪さを免許のせいにしてしまう。マチとの軋轢《あつれき》は僕の方が一方的に悪いので、こちらから謝《あやま》るべきだった。だけど今更、頭を下げたところでマチはなにも許さないだろう。今思えば本当に小さな約束だけど、守らなかった僕は最低だ。

運転席の方に回りこんだ松平さんがカメラ片手に、時間旅行のレクチャーを行う。

「いいか、お前らの行きたい時代を願え。バラバラでも構わん」

「え、頭で行き先を操作するんですか？」

そんな未来の技術がふんだんに使われている軽トラだったとは。嘘だろ。

「過去でも未来でも、未練のある瞬間を選ぶといい」

未来への未練？　おかしな表現だ、けれど。あり得ない話でもない。過去はいずれ、どうあがいても未来へ辿《たど》り着《つ》く。あのときああすれば、こうしていればといった後悔は結局、望まない未来に行き着いたときにだけ生まれる。過去を振り返るとき、その横には必ず未来があるのだ。

「行き先は決まったな、よし次。まずそこのスイッチを入れろ」

松平さんが勝手に話を進める。僕は言われるがまま、軽トラの中心に設置されている怪しい機械のスイッチを跳《は》ね上げる。目立つほどの起動はないけれど、静かに光が灯《とも》る。

計器に謎《なぞ》の数字が浮かび上がり、いかにも『それっぽく』なる。年甲斐もなく高鳴る心臓に、にやつく頬を押さえるために深呼吸した。ついでに、僕の行きたい時間を考える。

心残り、未練。山ほどあって、決めづらいけれど。

過去の道に一番深く刺さっているトゲは、やはり九年前だった。

僕とマチが二人とも笑顔で、そして、それを失ったあの年だ。

「ええと、後はだな……こう、こう。よし、それで軽トラの方のエンジン入れろ」

運転席側の窓から身体を突っ込んで、松平さんが準備をこなす。それから指示通り、軽トラに差しこんであった鍵を回す。自動車教習を受けたこともないし今まで、自動車に乗る機会さえほとんどなかったけど軽トラが息を吹き返したように震えた。つい驚《おどろ》く。

マチの方が本土で自動車に乗る機会は多かっただろうし、運転席に乗るべきだった……いや、無理か。自動車の運転には下半身も使わないとダメだった。

無神経な発想だった。自己嫌悪が広がり、苦いものが奥歯から湧《わ》く。

「僕、免許ないッスよ」

苦みを飲みこみながら、松平さんに言う。時速百四十キロなんて無理だぞ。

「今のところは時間旅行を国が認めてないんだ、そんなもの要らん」

「いや軽トラの方」

「この島でそんなものが価値あると思っているのか？」

ごもっとも。仮に僕が無免許で軽トラを乗り回しても、怒られるだけで済む。そうした緩さに目をつけて、この人は島へ渡ってきたのかも知れない。なんか、思考が犯罪者だな。

「もし過去に行くのなら、昔の俺によろしくな」

「なにか言伝《ことづて》はある？」

「あー、そうだな……1243872 11を見限るな、と言っておいてくれ」

「なにそれ」

「伝えれば理解するだろ、多分な」

松平さんが軽トラから離れる。この実験って危険なのか？　と思わずにはいられない迅速《じんそく》な後退に一抹《いちまつ》の不安を煽《あお》られながらも、ハンドルを握りしめる。振動、アイドリング？　だったか、それがハンドルから手のひらへと伝わって、嫌でも鼓動《こどう》を感じさせる。

物事の始まる瞬間《しゅんかん》を、強制的に味わわせられるように。

「後は真っ直ぐ走ろうとしてみろ」

「真っ直ぐって……」

首を伸ばしてみる。目の前には松平科学サービスがある。玉砕《ぎょくさい》しろと仰《おっしゃ》るのか。

「安心しろ、どれだけアクセル踏んでもそいつは前へ進まないから」

「へぇ？　タイヤでも外してあったかな」

「軽トラは外装だけだ、中はほとんど入れ替えてある。だから安心してめいっぱい加速して、メーターが140を振り切るのを目指せ」

やっぱり百四十キロが必要らしい。いや、キロメーターの数値とは限らないけど。

「もしタイムトラベルしちゃったら、どうやって帰ってくるんですか？」

「こいつに普通に乗って、この時間を思い描いて帰ってこい。操作は覚えただろ？」

「はぁ、大体は」

でも松平さんがほとんど済ませてしまったから、いざやれと言われても不安である。

なに真剣に心配してんの、とばかりに冷めたマチの視線を受け止めながら正面を見る。松平科学サービスの看板を見据えながら、僕は、アクセルにゆっくりと足を沈めた。

踏みしめていくことに応じて、軽トラの振動が強まる。松平さんの言う通り、軽トラはまったく前進する気配がない。タイヤの回る様子もなく、車体だけが震えて、そしてなにかしらの熱を帯びていく。足もとを覗くと、座席下の暗闇に足が呑まれていた。

「ちょっと、熱いんだけど」

確かに車内に熱が籠もり始めている。大丈夫なのかと外にいる松平さんに視線を送ると、肩を大きく回してもっと、もっとと指示を飛ばしてきた。おいおいと顔が引きつりながら、けれど足は半ば自動で、更にアクセルを踏んづける。その段階になると、軽トラの揺れが無視しきれなくなってきた。がぐんがぐんと、底辺の乗り心地に磨きがかかる。

そして。

「熱い！　熱いって、爆発しないでしょうね！　止めりゃいいじゃん、止めろ！」

危険を感じたマチが僕の腕に飛びついて、ハンドルから引き剝がそうとしたその瞬間。

マチの危惧《きぐ》することが現実となった。つまり、爆発した。

そうとしか感じられない、前方からの質量の押しつけに息が止まる。爆風のように僕たちに襲いかかる衝撃が視界を暗転させて、意識まで裏返らせる。僕は抗《あらが》うこともできずに朦朧《もうろう》となり、ハンドルにしがみついた。マチは大丈夫なのか、横目で確かめようとしてみたけれど無駄だった。ハンドルに額を打ちつけて、完全に抵抗の意欲を失う。

前のめりとなる直前、計器の数字が百四十をオーバーしたのを見届けてから、暫《しばら》く俯いて口を噤《つぐ》んだ。硬直したように動かなかった足が引いて、車体の揺れが収まっても尚、顔を上げることはできないで、必死に息を整えていた。

視界が回復するまで。

車内の熱が引くまで、長々と。

「……んあ」

先にマヌケな声をあげたのは僕だった。ヒリヒリと痛む額を上げて、頭を振る。被っていた水滴を払うように髪から靄《もや》が取り払われて、頭の中が明瞭《めいりょう》になっていく。身体を起こして、まず助手席のマチが無事か確認した。……大丈夫みたいだ。

鎖骨《さこつ》に食い込むシートベルトにしかめ面しながらも、マチが顔を上げる。それから目をぱちくりと数回、まばたきさせた。それから僕の目を気にしたように、仏頂面《ぶっちょうづら》となる。

だけどそれも二秒と保《も》たなかった。

マチにしては珍しく無防備に、口が大きく開く。声なき声をぱく、ぱくと何度か口にして、それから急に振り向いて僕を見る。なんだ、と仰《の》け反《ぞ》りそうになる。

「ぺしゃんこ」

「は？」

マチの指差した方向を目で追う。フロントガラスの向こう側に続くそこが目に入ると、僕の方も口が塞《ふさ》がらなくなった。顎が外れそうになるほど、大口を開いてしまう。

松平科学サービスが潰れていた。

正確には吹っ飛んでいた。津波にでも巻き込まれたように倒壊して、『松平科学サービス』の看板もへし折れていた。へし折れて？　横倒しで？　え、あれ？

松平さんの安否に気を配るより真っ先に、その景色が脳に突き刺さった。

それは、なにもかもを見上げていたあの日の記憶。背伸びして、遥《はる》か遠くを見渡そうとして、だけど島の端にも届かない。海の向こうにあるものは蜃気楼《しんきろう》のように不確かで、この島だけが世界だった、あの日。遥か昔。なにも失っていなかった、昨日の世界。

その証明こそが、倒壊した研究所だった。

知っている。

僕はその景色を、記憶している。

「きゅ、九年前？」

「はぁ？」

「九年前だ！　いや嘘だろ！」

身を乗り出す僕に、マチが怪訝《けげん》そうに反応する。動揺を隠しもせずに、口早《くちばや》に続けた。

「九年前の夏に地震が起きて、松平科学サービスはぺしゃんこになった。原形もないくらい潰れて、そう、目の前に広がる景色の通りになったんだ！　その後、研究所が復興するまで三ヶ月はかかった。しかも台風と雷雨《らいう》の日があって、これからもっと悲惨なことになる。僕はその復興を手伝ったからよく覚えている」

狭い車内で両腕を広げるとそこかしこにぶつかってしまう。ボードに当たって突き指もして肘も痛いけど構わず、腕を広げて力説する。信じられない、だけど！

マチが息を吸う。なにか喋り出す気配がして、彼女の言葉を待つ。

「、ぁ、いや」

僕を名前で呼ぼうとして、無理に止めたといった感じだ。俯いて額を掻き、切り替える。

再び向き合ったマチの顔は、怒気に溢れていた。

「あんた、本気で主張してる？　過去に飛んだって」

「あぁ、だって、」

「実験中に大きな地震が来て、今度もまた潰れただけかもしれないじゃない」

「……さもありなん」

マチの意見に、途端に冷静になる。信号待ちを迎えたように僕の興奮は静まる。あり得る。あの思わせぶりな振動と衝撃が大地震だったらどうしよう。大問題じゃないか。

「地震だったら家に戻らないと」

両親の無事、それに祖母も保護しなければいけない。家が潰れていないといいが。僕らの住宅地は密集しているから、一カ所が倒壊したら他も被害を免《まぬが》れない。全滅《ぜんめつ》だろう。

「そう、ね」

マチが曖昧《あいまい》に首肯《しゅこう》する。両親のことが心配なのかもしれない。僕は軽トラから飛び出して、まずは荷台から車いすを下ろす。折り畳んであるそれを広げた後、助手席側に運ぶ。

マチが助手席側のドアを開く。そして身体をずり下ろして、乱暴に車いすに腰かける。落下するように強引な下り方だったからか腰を打って、マチが呻《うめ》く。僕の助けを拒むようなその態度を隠さず、苦痛に片目を瞑りながらもこちらを睨み上げてきた。

「あんたに触られるぐらいなら、危険でもいい」

「あ、そ……」

なにも言うことはなかった。冷えきった僕たちの空気はこれ以上、悪化しない。

それよりも、と顔を上げる。周辺を歩き回ってみるけど、松平さんの姿はない。景色に何度も目をやる。微細な変化も見逃さないように心がけて、目を凝《こ》らす。けれどさすがに木の生え具合や太陽の輝《かがや》きから年数の変化を特定はできない。

僕は内心、地震以外の可能性を捨てきれないで頭痛に苛まれていた。ただ歩いているだけなのに息は上がり、静まらない。

まさか、とは本当に思う。だけど、とも切《せつ》に感じる。

「ボーッとしてないで、行くよ」

マチが車いすで一人、先に行こうとする。前へつんのめるように、慌てて追った。

軽トラを放っておいていいのかと悩んだけど、結局、放置するしかないと結論を出した。

マチのことを考えて南側から回って住宅地に向かうことにする。本当は北側の灯台と船着き場の前を経由したかったけれど、口には出さなかった。顎を引いて、早歩きで進む。

マチは正面を睨み続けて、首を意図して動かそうとしない。険《けわ》しい顔つきは崩さず、まばたきも忘れたように目もとが固まっていた。なにを考えているのだろう、と不思議だったけどすぐに理解する。マチは、険《けわ》しい坂道を進もうと必死なだけだった。

それに気づけない僕はどうしてか、自分を恥じた。

余震かは定かじゃないけど、僕の足の裏はずっと揺れている。マチは、どうだろう。

「なぁ、あの。ですね」

思いきってマチに声をかける。マチは、予想通りだけど無視した。車いすの車輪がからからと鳴って、それは僕たちの空回り《からまわ》を強調するようだった。口を噤む。

もし、反応してくれるなら僕はこう聞いてみたかった。

マチは、どの時代に行きたいと願った？

「……あ？」

浜を通りすぎた直後、子供たちの賑《にぎ》やかな声が聞こえた。何の気なしに振り返った後、はて、と首を傾《かし》げる。今の小学校に、あんな元気な子はいただろうか。

大地震に襲われたらひとたまりもなく潰れそうな、古めかしい小学校から飛び出してくる二つの人影があった。小柄で、木の陰に呑《の》みこまれそうな二つの影が、歪む。

それを見た瞬間から、世界は確かに歪んだ。或《ある》いは、僕の目玉の方が。

まず、マチが絶句する。

目を剝いて、充血した部分まで外に晒す。

彼女の顔が完全に崩壊《ほうかい》する瞬間を、もう一度見ることになるとは思わなかった。

その顔に負けず劣らず、僕も驚愕《きょうがく》で目玉が潰れそうだった。

走ってくる。

走ってくる。

自分の足で、全力で駆ける小さな『マチ』がやってくる。

二章　『わたしは貴男にあなたは私に』

わたしが走り回っていた。

小学生のわたしが。わたしの前で。

ニアも茫然自失《ぼうぜんじしつ》となり、指先が震えている。すとんと力なく崩れて膝までついてしまった。わたしも顎の先を殴られたみたいに頭が痺れて、耳鳴りがこめかみまで染みる。

「本当に、」

過去へ、やってきた？　目を擦る。頭を叩く。目の前の現実はなにも変わらない。

「本当に？」

言葉の続きを求めているのか、それともわたしと同じ疑問の答えを求めているのか。立ち上がれないニアがわたしに縋《すが》るような目を向ける。わたしは、顔を逸らすことも忘れて見つめ合ってしまう。助けてほしいのはこっちだった。

いつだって、いつだって。

わたしたちの前で、小さなわたしが急ブレーキをかける。運動靴《うんどうぐつ》の踵を地面で削って滑《すべ》りこんできた。傷だらけのランドセルを背負い直しながら、「んー？　んー？」と首を傾げる。好奇に輝く幼い目がわたしとニアを見比べて、その度に目眩《めまい》が起きそうだった。

目の前で起きていることが、まだなにも信じられない。

「おーいみなのしゅー、わかいのがいるぞー！」

小さなわたしが、後ろをひぃこら追ってくる男の子を大きく手招きする。皆《みな》の衆《しゅう》と言ってもその子しかいない。一度でいいからその言葉を使ってみたかったのが手に取るように分かる。わたしがそうだった。でもわかいのって。あんたの方がよっぽど若いのに。

男の子は既に息が上がって、背負っているランドセルを今にも放り捨ててしまいそうだった。勿論、その男の子も誰か知っている。ニアだ。わたしと仲が良かった頃の、小さなニアだ。額から唇へ垂れる汗を舌で舐《な》めて、ニアが笑う。

「あ、ほんとだ。わかいー」

肩で息をしながら、小さなニアが目を輝かせる。当時から島には老人と子供と大人ばかりで、若者が欠如《けつじょ》していた。だから子供は少し年上に当たるおにいさん、おねえさんが物珍しくて興味を持っていた、覚えがある。危機感など欠片も抱かずに。

「ねー、どしたの？　疲れた？」

へたり込んでいる大きいニアに、わたしが無垢《むく》に話しかける。舌足らずで、人を嫌うことなんか習ったことがないように人懐《ひとなつ》っこい笑顔で。わたしの大嫌いなはずの、大きいニアへ向けて。

どう反応していいのかなんて、理解の追いつかない頭はそれどころじゃなかった。背中に感じる、吹き抜けた風の冷たさに鳥肌が立つ。寒いほどだった。

「大丈夫、だよ。ちょっと靴擦《くつず》れした、かな」

大きいニアが引きつった笑いを浮かべつつ、立ち上がる。尻を払ってからよろめいた。もしわたしが自分の足で立っていたなら、ニアと同じように足もとが不安定になっていただろう。

今だけは、自分が車いすに座っていることで動揺を完全に晒さなくて済んで、感謝した。

「靴擦れだってー。も、見るからに外の人だね」

「だね」

小さいニアとわたしが顔を見合わせ、キャッキャと盛り上がる。悪夢だ。しかも過去のわたしが無遠慮に車いすの車輪を叩く。自分を殴りたいと思ったのは生まれて初めてだ。

額に滲む汗はきっと、冷《ひ》や汗《あせ》の類だろう。

「これ、うー、なんだっけ？」

咄嗟《とっさ》に名前が出てこないのか、過去のニアへ振り返る。ニアが一歩、前へ出た。

「車いすってやつだよ。ねー？」

ニアが鼻を高くして、わたしに正解を窺ってくる。わたしに声をかけることも躊躇《ため》っている、未来のニアの面影は一切がない。あ、面影って変かな？　いや、分からない。

無言で、けれど小さく顎を引くと「ほらほら」と小さなニアが得意がる。わたしとの間にある殺伐《さつばつ》とした雰囲気《ふんいき》は、未来から持ち運んでくることはできなかったらしい。

「外の人はいそがしいー？」

過去のわたしが左右に難なく飛び跳ねながら、顔色を窺ってくる。外の人、という独特の言い回しと、その自由な足腰に目の焦点《しょうてん》がぼやける。なんだ、これは。

わたしになにを見せつけたいんだ、お前は。

「あぁ、ちょっと」

大きいニアがお茶を濁《にご》すと、「ちぇー」と小さなわたしがあどけなく笑う。

「じゃー遊べないね。ばいばーい、外の人ー」

「ばばそー」

二人が揃ったように手を振って走っていく。向かう方向からして灯台か、神社の方へ遊びに行くのだろう。九年前、わたしはどちらへ行ったのか思い出そうとして、しかしなにも浮かんでこない。白い雲の中にいるように、思い出はどこを向いても白紙のままだった。

「気づかないもんだな」

二人を見送りながら、ニアがぼそりと呟《つぶや》く。そりゃ、考えるわけないでしょ。未来の自分と会いましたなんて。それに加えてわたしは車いすに座っているのだ。

いずれ歩けなくなるなんて、誰が想像するものか。

「どうする？」

ニアがわたしを見る。頼りなさそうな瞳《ひとみ》ながら、どうしよう、じゃないところにほんの一つまみの頼もしさを覚えて、自己嫌悪した。言葉を交わすことさえ疎ましい。

昔のわたしと、今のわたしは違うのだから。

「すぐあの軽トラに乗って、元の時代に帰ろうか」

　僕が提案すると、マチがすぐに頷《うなず》いた。過去へ来たのだと認めたようだった。

「じゃあ戻ろう。この時代にいる必要はないよ、それより松平さんにこのことを伝えよう」

　とんでもないものを発明してしまったと。もし松平さんが悪人だったら、この時空があの人を中心に回ることになる。もっとも僕は、あの博士が悪人でないと信じているが。

「ちゃんと帰れるの？」

　マチが訝しむ。不安さをはね除けるように語気が荒い。僕はそれに答えることができなくて、黙って引き返し始めた。マチも車いすを後退させて、慣れたように振り向く。

「時空は崩壊しなかったな」

「は？」

「いや、別の時代の自分と会ってもさ」

　僕の映画になぞらえた懸念《けねん》を、マチは鼻を鳴らして突っぱねた。それでも、僕の言葉に反応を返してくれるだけで以前より進歩があった。こんな異常事態の渦中《かちゅう》だからだろう。

元の時代へ戻れば、また僕とマチは一言も話すことがなくなる。そう考えると、一抹の寂しさはある。だけど川が上から下へ流れるように、どうしようもないことなのだ。

そう思う僕はしかしどうして、この時代へ来ることを願ったのだろう。

そして恐らく、マチも。

「……………………」

仮に、この時代に居座ったとしても。僕は自分の望む未来を得られないだろう。マチとの不仲はこの時代の僕に原因があって、けれどそれは九年が経った今の僕でも解決できないものだった。いや、今だからこそできなくなった約束ではある。

だから僕は、この時間の流れに干渉《かんしょう》しようという気がまったく起きない。

少なくとも、現段階では。

それよりも考えるべきは、真っ当に帰還《きかん》できるかどうかだ。

この手のタイムトラベルは、トラブルが絡んで簡単に帰れなくなるのがお約束だ。大抵、タイムマシンが故障するわけである。そして修理のために骨を折る羽目《はめ》となるのだが、果たして僕らはどうだろう。嫌な予感がする。あの軽トラの見た目が信憑《しんぴょう》性《せい》を奪《うば》うのだ。

なにより、制作者があの松平さんであることが最大の障害となりそうだった。

途中、ボロくない方の軽トラとすれ違い、若返った剣崎さんの訝しそうな目線に俯き、気づかないフリをしながら松平科学サービスの前へと戻って、車いすを荷台に載せて、そして。

「なにしてるの？　早く動かしなさいよ」

「エンジンがかからない」

……はたして、その通りになった。現実で直面すると顔から血の気が引く。寒い。目から上が特に冷え冷えとする。鍵を摘《つま》む指先だけが忙《せわ》しなく回って、それ以外がぼやける。

「そういう冗談はいいから」

「マジだよ」

マチからも見えるように身体を引いて、突き刺さった鍵を回す。ごりごりと、鍵が内部を削るような音はするのに、他がうんともすんとも言ってくれない。マチの顔色が変わる。

「あのバカ博士！」

荒ぶるマチがボードを拳骨《げんこつ》でぶん殴る。その衝撃でボードの上に散乱していた、握り潰された紙切れの山と時計が浮き上がり、座席の下へ落下していく。

僕たちが過去へと流れ落ちるように。

「洒落《しゃれ》になってないな」

「ホントよ！　あの、あの、バカ！」

怒《いか》り心頭《しんとう》のあまり、語彙《ごい》が蒸発でもしたように出てこないみたいだ。マチの握りこぶしが唸《うな》り、助手席のサイドボードをへこませる。横目で見ていて、自分が殴られたときを思い出した。あのときはお互いに鼻血がだらっだらで終わったけど、今だったらこっちの鼻の骨が折れるだけで済みそうだ。それか、車いすで突進されて他の骨が折れる。

「あのとき、随分と温度が上がっていたからエンジンが焼け焦げたとか、そういう？」

車に詳しくないので語尾は疑問形だった。わたしだって知るか、という顔でマチに睨まれる。車内を殴るのを止めたマチが肩で息をしながら、ぽつりと呟く。

「一通り殴ったけど、衝撃で動いたりはしないわね」

八つ当たりにはそういう意図もあったらしい。後付けの気もするけど言及は避けた。

「この時代の松平さんなら直せるのかな」

「エンジンの方がイカレているだけなら、車屋に頼んだ方が早いわよ」

「この島にそんなものはないよ」

マチだって分かりきっているだろうけど。だからすぐに反論が来る。

「本土に行けばいいんでしょ。船で車を運ぶだけじゃない」

「うん、まぁそうなんだけど……参ったな」

言葉尻を濁して頭を掻く。そこには切実な問題があるけれど、マチは気にならないのか？　思いきってマチの顔を覗く。そしてその顔が逃げる前に尋ねた。

「マチ、財布《さいふ》持ってる？」

マチの嫌悪に歪んだ眉が、捻られるように形を変える。

「僕は来るまでに中身を確かめたけど、小銭の方が七百円ぐらいしか入っていなかった。マチは？」

そこでようやく、マチも質問の意味に気づいたらしい。車屋に頼むのも車を運ぶのも、どれも金が必要なのだ。しかも札の方は、九年前だとデザインが異なるから恐らく使えない。本土の金はこういうのだ、と言い張れば島の中では使える可能性もあるのだが。

マチが唇を嚙《か》む。悪あがきのように自分の服を漁《あさ》って確かめるが、結果は芳《かんば》しくない。

「持ってないわよ、研究所に置きっぱなし」

「……ッスか」

落胆を表に出すわけにもいかなくて、曖昧な反応で締めた。舌打ちを漏らさないように口もとを押さえる。さぁどうしよう。無一文に毛が生えた程度の経済状態ときた。窮地の四面楚歌《しめんそか》である。車内の臭いまでもが一層、酷くなっているように感じられた。僕は無意味と分かっていながらも、ボードに積まれた謎の機械を弄くり回す。作用して別の時代へ飛ばされたら、とも考えながら手は止まらない。捨《す》て鉢《ばち》の気分だった。

こちこちとお小言《こごと》のようにうるさい時計の秒針だけが動き続けて、それが極まったのか「ねぇ」とマチから話しかけてきた。僕はそれに若干《じやつかん》怯《おび》えて身体を引きながらも、「なに？」と返す。マチは言い淀むような間を取った後に、僕に言った。

「ここから出る。……出たい」

苦渋を絞り出すように言い直した。僕の手を借りることへの遺憾《いかん》を含めて、それでも。僕は黙って頷いてから降りて、軽トラの荷台にある車いすを用意した。

マチを車いすに座らせてから、僕なりの見解を述べてみた。

「仮に、お金がなんとかなっても修理を本土の人に頼むのは止《や》めた方がいいと思う」

「なんで？」

わたしの言うことだから反対しているのか、と疑う目だった。違うよと首を横に振る。

「車屋に頼んで弄り回された結果、普通の軽トラにされたら困る」

「あ……」

マチの目が丸くなる。マチの方が僕よりよほど頭がいいのに、そこまで考えが及ばなかったらしい。やはり冷静ではないようだった。逆に僕は、なんで落ち着いているんだろう。

まだこのタイムトラベルを認めていない？　いいや、それは違う。

僕がこの世界に感じているものは、いやに前向きな高揚感だった。

「やっぱりこの時代の松平さんに相談した方がいい。しばらくすればここに来る、かなぁ」

自信はなかった。当時の松平さんのことなんか、ほとんど覚えていない。いずれはここにも来るだろうけどそれが明日や明後日だったら、それまで外でぼうっと突っ立っているわけにもいかない。バカバカしいとマチが怒ってしまう。いやほんと、バカみたいだな。

あの人のことだから、『別の時代へ飛んだタイムマシンは一回壊れるものだ』と本気で考えて制作したことも否定しきれない。時空にだけ興味あるならいいけど、映画と現実を混同するところにあの人の大きな問題があった。それ故にこんな現象を実現させてしまったのかもしれない。

「松平さんの居場所はこの時代の僕に聞くのが一番、手っ取り早いんだろうな」

さっき会ったときに聞いておけばよかった。それどころではなかったけど。

「僕がいるところは、んー……」

マチに横目で窺う。わたしが知るか、とばかりにそっぽを向かれた。そんなわけないだろ。僕とマチはこの頃、いつも一緒に島を走り回っていたのだから。

「なぁ」

無視されたけど、そのまま続ける。

「元の時代に帰るまでは、無視するの止めないか」

「……別に無視してないけど」

嘘つけ。

「仲良くしようってわけじゃない。でも協力はしよう」

この時代からすれば、僕とマチは単なる余所者《よそもの》だ。島民から色よい反応は貰えないだろうし、仲間と呼べるのはお互いに相手だけだ。マチだって、

「……分かった」

マチが小さく顎を引く。しかも手を差し出してきた。握手のように伸ばされたその手をやわやわ、摑もうとしたらすぐに引っこめてしまう。握手会は急遽《きゅうきょ》、中止になったようだ。

「ただし、必要なこと以外は喋らないから」

「こっちも努力はするよ。さて、じゃあ早速必要なことを話そうか」

「さっき、わたしたちは小学校から飛び出してきた。つまり学校が終わってすぐだったら、まず向かうのはあんたのお祖母さんのところよ」

無視しながらも話はしっかり聞いていたらしく、僕が尋ねたいことを先に答えてくれた。

「祖母のところ？　……ああ、そうだった」

「お菓子とお茶をねだりに行っていたわ、浅ましい」

僕の記憶によると、マチが率先してお菓子を求めていたのだが。まぁいいか。九年

後には取り壊されてしまい、存在しない祖母の家へ向かうことに決まった。

だけどその前にやることがある。軽トラの座席の下に転がっていたペンと紙切れを拾う。

「なにやってるのよ」

「書き置き。こっちの松平さんと、後は未来の松平さんに」

二通のメモ書きをしたためる。未来の方に着手して、僕はつい笑ってしまう。

「九年後への手紙なのに一瞬で届くのも不思議な話だな」

未来の松平さんへは、『僕たちは九年前にやってきたけど軽トラが壊れて帰れなくなった。助けて』と簡潔にSOSを求めた。……ふむ、待てよ。仮にこの壊れたタイムマシンをこの場に放置して九年が経過した場合、僕たちの時代の松平さんがそれを発見することになるのか？　それだと、その軽トラを修理して松平さんがこの時代へ飛んでくる？

そうなると同じ軽トラが二台になる。そんなことが起こり得るのだろうか。

更に言うと、僕たちがもしこの時代から帰れなくてそのまま生きることになったら、九年後には二十代後半の僕たちがいることになる。しかも、順当に育った十八歳の僕たちまでいることになって……収集つかなくなりそうだ。僕とマチが際限なく増え続けてしまう。そうすりゃあ島の若手の人手不足も解決しそうだな。いやそういう問題じゃない。

少し考えただけでもややこしくなりそうだったので深くは考察せずに、祖母の家を目指した。空の具合からして、今の時間は昼前、十一時前後。この時間なら祖母は畑にいる。

元気な祖母をまた見ることができると思うと自然、早足になってしまう。それをマチに怒られて歩幅を緩めながら、空を見上げた。この島の空はいつ見ても、なにも変わらない。

肌の感じる気温は十月前後で、季節のズレはないようだった。僕とマチの仲が良好であるということは、十月二十一日より前だ。日付が現代そのままだったとしたら、十日も経てばその日がやってくる。そして僕たちは口も聞かなくなる。

今月の二十一日、僕とマチは仲違《なかたが》いをする。主に僕が原因で。

殴り合いもするし、最後には蹴《け》っ飛《と》ばされる。坂を転がり落ちて傷だらけになったあげく、マチを思いっきり泣かせた。僕だって手足が痛くて、情けなくて涙が止まらなかった。

はっきり言うと喧嘩《けんか》の理由はくだらない。今になって思うと、本当に。

ただ僕が彼女に、好きと当たり前のことを言えなかっただけだ。

この時代のわたしがニアのことを大好きだったのは、認めがたい過去の一つだった。どうしてこんなヘタレ野郎と一緒に走り回っていたのか、理解に苦しむ。苦しむが、事実から目を逸らすことはしない。歩けなくなってから半年かけてそれを受け入れて以来、見ないフリはできない性分となった。だから考えるのだけど、さっぱり、思い出せない。

わたしはニアのどこが好きだったんだろう？

小さなわたしに尋ねてみたかったけど、ちゃんと答えてくれるだろうか。

わたしは一度も、ニアに好きだと告げたことがないのだから。

「…………………………」

島の北側の道を進む最中、灯台が目に留まった。耳を澄ませば声が聞こえてきそうなほど、猫の住み着いたあの灯台はわたしたちの遊び場だった。一度、階段で足を滑らせて転がり落ちて頭を強く打ったことがある。あれは痛かった。地球滅《ほろ》びろと三回思った。

あのときの傷は今でも頭に残っていて、それを隠すために髪を伸ばし始めた。

勿論ニアは、頭の傷も髪を伸ばした意味も、すべて知っている。

わたしのことで、ニアが知らないことはまずない。

今の心境も、かつての想《おも》いもなにもかも筒抜けで、だから許せない。


祖母の家は住宅地から少し離れて、中央の山の付近に建っている。そして山道に面した斜めの畑を開拓し、そこに好き勝手に作物を植えていた。売り物になるほど畑を広々と取ることはできず、また手も回らないから単なる祖母の趣味だった。生き甲斐でもある。

そして『今日』も祖母、村上清春《むらかみきよはる》が一人で、小さな畑の世話に精を出していた。

「……………………」

言葉なく、鼻水を啜《すす》る。

「こんな道端で涙目にならないでくれる？」

マチが僕の横顔を覗いて愚痴る。だけど普段よりほんの少しだけ、言葉の刺《とげ》が引っこんでいる気がした。目を拭ってみると、滲んでいた涙が指を濡らす。既に泣いていた。

「映画でもこういうのに弱いんだ」

「あ、そ。どうでもいいから早く話つけてきて」

マチが僕を送り出す。しかも送り出した割に後ろをついてくる。意味が分からない。

足の裏の土踏まずが、どくどくと脈動する。島の歴史記念館にでも足を踏み込んで、過去のスライドを眺めている気分だ。既に記憶でしかない過去を、今、自分で歩いている。

鬱蒼《うっそう》とした山林に囲まれて、周囲は薄暗い。森の中に迷ったように視界が狭《せば》まり、中央に集《つど》う光へふらふらと吸い寄せられる。舗装されていない土の道は昨日、雨でも降ったのか湿って柔らかい。ぐにぐにと踏みしめて近づくとすぐに、祖母がこちらに気づいた。

「見ない顔だねぇ」

顔を上げた祖母がしかめ面で出迎える。屈め続けていた腰が痛むのか、叩きながらゆっくりと伸ばす。芯の通った祖母の声に鳥肌が立ってしまう。子供の僕たちに続いて二度目の、『過去』との遭遇《そうぐう》に戦慄《せんりつ》し、舌の根っこまで痺《しび》れる。喉《のど》を封じられたように、口を開いても声が出てこない。そんな僕を祖母は不審がる。思われるだけでも嬉しい。

見かねたマチに脇腹を小突《こづ》かれて、舌が落ち着いたことでなんとか声が戻る。

「えぇっと、観光ですから。本土の方から来ました。あ、今日付です」

「はいはいそうですか。で、なにかご用で？」

明らかに話を面倒臭がっている。島民以外をぞんざいに扱うのは祖母とて例外ではない。僕はマチと顔を見合わせて、話を完全に打ち切られる前に用件を切り出した。

一応、祖母にも尋ねてみた方がいいだろう。

「ちょっと、人を捜《さが》していまして」

「観光なのに人捜し？　そんな高名な方が島にいましたかねぇ」

「松平貴弘という方なんですが」

「まつだいら？　いたかね、そんな人」

「島の人じゃなくて、何年か前に移り住んできた人ですよ」

「あぁ、いたねぇそんなの。うちの孫たちがその博士に懐いていてねぇ、困ったことに」

祖母が首筋の汗を拭《ふ》くついでに嘆《なげ》く。やはり大人からすれば、あんな胡散臭い男と孫が一緒にいることは快くないようだった。当時も薄々感じてはいたけど、無視していた。

「あの博士がどこにいるかなんて、あたしは知らないね。子供たちなら知ってるだろうよ」

「そうですか……どうも」

やはり、昔の僕らに聞くしかないようだった。島は巡れば狭いし、いつか見つかるだろうけど徒《いたずら》に動き回ることは避けた方が無難だろう。なにしろ、僕らは単なる旅行者じゃない。『バック・トゥ・ザ・フューチャー』を繰り返し観た身としては、そこは学習済みだ。

「わっ」

祖母が僕の顔を下から覗き込んでくる。僕はたじろぎかけた身体を踵で支えながら、その視線の意味を探った。なんだろう。答えが出ないうちに、祖母が口を開く。

「さっきは見ない顔だって言ったけど、訂正するよ。どっかで見た顔だ」

思わず飛び跳ねそうになった。

「あんた、死んだお祖父さんに似てるよ」

「そう、ッスか」

僕は祖父に会ったことが一度もない。生まれる前に死んでしまったからだ。

しかし孫じゃなくて、そこで祖父が出てくるとは思わなかった。

「あんたの名前は？」

「あ、えーっと……や、やがみ」

「やがみ？」

「ヤガミカズヒコ、です」

咄嗟に出たのはボケた祖母がよく口にする名前だった。目を泳がせながら言ったので信憑性が薄れたらしく、祖母の目が怪しく光る。検問されているように険しい。

「八神さんねぇ。そっちは？」

マチの方に顎をやる。僕も目を向けると、あっち向けと手を振りながら祖母に答えた。

「鶯谷《うぐいすだに》、です」

こっちも偽名だった。小さなマチと名前が被ることを避けたのだろう。

「ほう鶯谷さん。あんた、よくそんなのでこの島に来れたねぇ」

祖母が車いすに目をやる。物珍しいどころか、生まれて以来、一歩も外に出たことのない祖母にとっては初めて見る代物かもしれない。マチは気分を害したように目を細める。

「いけませんか?」

「悪いと言ったつもりはないがね。で、用は終わりかい?」

「はい。じゃあ、子供たちに聞いてみます……けど、子供はここに来ないんですか?」

「今日はまだ来てないね。もう少ししたら来るだろ、だから」

だから? と僕が首を傾げる間も与えずに、祖母が軍手を放ってきた。受け取る。

「ほれ、畑弄りを手伝いな」

「……え、僕が?」

「そっちの子には無理だろ。それともその車輪、耕すのに便利なのかい?」

祖母が肩を揺すって笑う。この島のこの時代に、障害者に対しての気遣いなどあるはずがない。マチだってそれを分かっている故に、目くじらを引くほど立てることはなかった。

「あんたはお祖父さんに似てるんだし、きっと畑仕事が向いているよ」

どんな理屈だ。マチの反応を窺う。マチはそれを必要のないことと判断したのか、口を噤んで目を瞑ってしまう。動く気配もないし、ここで待っているということだろうか。

軍手をはめて、畑へ入る。久しぶりに元気な祖母と話もできたし、求められたのなら手伝いぐらい構わないだろう。祖母は腰を屈めて、小石を取り除いているようだった。

「いつも一人で？」

「孫は薄情《はくじょう》でね」

くぇくぇと祖母が笑う。小学生の僕は祖母の手伝いなど、一度もしたことがない。

「……すいません」

「おやおや。あんた、あたしの孫気取りかい？」

「そういうわけじゃ……」

鼻を掻く。未来の孫ですと告白したところで、なけなしの信用をかなぐり捨てるだけだ。

しかし、奇妙な感覚である。祖母と畑で談笑するなんて。

「生憎、こんな大きい孫はまだいらないね。もっとあたしがしょぼくれたら貰うよ」

「そうしてください」

冗談と受け取ったらしく、祖母がまた笑った。僕は未来の祖母を思い、笑顔も引っこむ。いずれ祖母は僕を分からなくなる。大学生になった僕を祖母が見るのは、奇妙なことだけれど今が初めてとなるのだ。僕はそれを祖母に訴えたくて、しかし、叶《かな》わなかった。

祖母に指示された通り、畑に無数に転がる小石を取り除いていく。地震の影響で畑も荒れたらしく、土から生える作物の葉がちぎれて、萎《しお》れていた。それも引っこ抜く。

「八神さんだったね」

「はい。あ、呼び捨てで結構ですよ」

「あんた、なんでこんなとこに来たんだい？」

作業を続けながら祖母が問う。なんでこんなところに。島か、場所か、それとも時代か。

祖母はそれ以上を口にすることはなく、問いかけの主眼は判然としない。僕も中腰で石を拾い続けながら、逡巡《しゅんじゅん》し、やがて出した返事はこれだった。

「ちょっと、島の神様に呼ばれたみたいで」

「あー、さっきのわかいのー」

「わかいのがいるぞー」

ややあって駆けてきた、小さなわたしとニアは両手を上げてランドセルの金具を派手に鳴らしていた。なんというか我ながら、バカ丸出しである。なにがそんなに嬉しいんだ。

親が時々話す、昔は○○だったという思いで語りもうざったいけど、直接目《ま》の当《あ》たりにするのは格別だった。自分を見ることがこんなにも気恥ずかしくて、むず痒《がゆ》いものだとは思わなかった。途中の木の幹に向けて二人がランドセルを放り投げ、近寄ってきた。

「また会ったなー」

「島狭いからなー」

二人がなはなはと口調を揃えて笑う。腹立たしいほど仲が良い。二人を見てこっちにやってきたニアも苦笑して、膝を少し屈めた。ニアの方は、過去の自分と向き合うことにも慣れてきたらしい。

わたしと違って、未練めいたものはないのだろうか。

いやむしろあるからこそ、過去にいるという事実を受け入れたのかもしれない。

「ひひー」

膝にでも乗ってきそうなほど、小さなニアがわたしに近寄ってくる。邪険《じゃけん》に払うこともできなくて、困惑しながらもその距離を保っていると、小さなニアがにひーっと歯を剥き出しに笑った。無邪気《むじゃき》で朗らかな、島の純朴《じゅんぼく》な少年そのものだった。綺麗なニアと言える。

「おねーちゃん、びじょすなー」

「びじょすなー？」

美女砂？　あ、美女、っすなー？　……ちょっと待て、なに言い出すんだ。

「こっちのにーちゃんもびおとこじゃないの」

うんうん、と小さなわたしがニアに向かって頷く。びおとこ、つまり美男《びなん》を読み間違えているらしい。ニアの頬が引きつり、思わずといった調子にわたしの顔色を窺う。うぜぇ。

昔のわたしはなにを言い出すんだ。ニアのことなんか褒めて、あんな不用心に距離を詰めて。でも自分だから叱《しか》りづらい。なんて言えばいいのか分からない。でも口は開く。

「そっちのおにいさんには近寄らない方がいいよ」

こらこら、と諫《いさ》めるような仕草《しぐさ》も混ぜる。ニアがははは、と空虚に苦笑していた。

「ほっほう。なぜだね」

どうして昔のわたしはこんな変な喋り方なんだろう。なんだか泣けてくる。自分が数年後、どうなるのか教えてやりたいほどだ。

「おにいさんは、えぇと、変態だから」

「おい待った」

「うるさい。とにかく近づかない方がいいよ、食べられるから」

実に安い脅《おど》し文句だった。バカかわたしは。でも他にどう脅せばいいのだ。

「えー、そんな口でっかいの？　見せて見せて」

小さなわたしが興奮に飛び跳ねる。ダメだ、こっちも予想以上にバカだった。今のわたしではとても信じられないほど純朴で、お人好《ひとよ》しな性格をしていることに頭を抱える。

どうしてこんなって嘆くのと同時に、どうしてこうなった、とも思う。

「嘘でー。おねーちゃん、口ちっさいじゃん」

小さなニアがわたしの膝に手を突いて、笑いかけてくる。ニアと距離が近い。想像するだけで頭痛でも発症しそうなこの事態に、わたしの目が泳ぐ。現代のニアなら殴り飛ばせばいいけど、小さいと、さすがにそれも躊躇われる。どうすればいいのだ。

仕方なく、ぼうっと突っ立っているニアに助け船を求めた。

「な、なんとかしなさいよ」

「なんで、僕が」

あんた以外に適任がいると思っているのか。過去の蛮行《ばんこう》をなんとかしなさい。

睨んだことが利《き》いたのか、ニアがのろのろと動く。屈んで昔の自分と目線の高さを合わせて、ぎこちなく笑いかけた。小さなニアの方はわたしに向けていた笑顔のまま
「なに?」と、未来の自分に首を傾げる。向き合う横顔の輪郭《りんかく》は、やはり似通《にかよ》っていた。

「あのね、松平さんって人がどこにいるか聞きたいんだ」

「まつだいら?」

「まつだれだ?」

二人が首を傾げる。わたしもニアを見上げる。ニアは少し目を横にやり、それから、

「発電所の側に研究所を作った、ハカセのことなんだけど」

記憶を踏まえて尋ね方を変える。こちらにはすぐ食いついてくれた。

「おー、ハカセか。ハカセならね、研究所か前田さん家にいるよ」

「前田さん家《ち》のときはね、いっつも縁側に座ってぼーっとしてるの」

質問への返事まで仲睦《なかむつ》まじく半分こだった。思わず、止めろと叫びたくなるほどに。

「前田さんの家？　なんでだろう」

「知らないわよ」

そういえば、あの男がどこに住んでいるかなんて気に留めたこともなかった。研究所に寝泊まりしているのかと考えていたけど、住宅地にいたとは意外だ。

「あれ、おにいさんは前田さんのこと知ってるの？」

小さなわたしが些細《ささい》な点に言及してくる。ニアは喉を詰まらせ、笑ってごまかす。

「まぁ、ちょっとね」

「前田さんは本土の学校行ってるから、外のわかいのと知り合いなんだよ」

小さなニアが無邪気に助け船を出す。まさか未来の自分を助けたとは思ってないだろうけど、ニアの方も「そんな感じ」と便乗して頷いた。小さなニアが目を輝かせる。

「わかいのといっぱい知り合いなのかー」

「ええのう」

どうしてわたしは、微妙に時代錯誤《さくご》な言葉遣いをするのだろう。誰の影響？

「うんええと、ありがとう。前田さんの家に行ってみるよ」

「場所分かるー？」

「大丈夫だよ」

ニアが小さなわたしの頭を軽く撫でる。でもすぐに、わたしの視線に気づいてその手を取り下げた。それでよろしい。いくら過去とはいっても、わたしにそんな真似《まね》は慎め。

「おねーちゃんたちとは、また島を一周したら会えそう」

「じゃー回るぞ。やみあがり、ついてこれるかー？」

「まかせろやー」

小さなわたしが、小さなニアを先導して走っていってしまう。落ち着くと死ぬ、半ばマグロ状態の幼年期には苦いものしか浮かばない。あんな元気がどこから生まれるのやら。

それにやみあがりって……ああ、そんなこともあったか。

落ち着かないのは今日のわたしたちも一緒だけど、ドッと疲れが押し寄せる。目の前が薄暗くなって、そのまま眠ってしまいたいぐらいだ。

「慣れない」

「同意」

ニアと意見を同じにするのは遺《い》憾《かん》だけど、それを悔しがる元気も湧かなかった。

「なんだ、もう行くのかい。いい加減な仕事しかできない子だね」

軍手を返却すると、祖母に嫌みを言われた。思わず軍手を引っこめてもう一度、畑と向き合いかけたけど、いつまでも過去に干渉している時間はない。帰らないと。

「あ、えーっと、お世話になりました」

「なんか会話になってないねぇ。まぁいいさ」

祖母が座りこむように畑に屈んでから、僕に言う。

「なんか困ったら、また来な」

「……はい」

そうして畑仕事から解放された後、過去の自分に教えて貰った通りに、前田さんの家の前へとやってきた。迷路のように入り組んでいる、言うなれば『表通りが裏路地』状態の道をくぐり抜けるように、住宅地の中心まで辿り着いた。途中、マチが一人で通れない階段は僕が運んだので少し時間がかかった。僕の手を借りるマチは悔しそうに唇を嚙んでいたけれど、悪態はつかなかった。

「知らなかったな、前田さんのとこに住み着いていたなんて」

「知らないはずないでしょ……」

情報の出所《でどころ》を踏まえてマチが呆れる。そうなのだが、でも、忘れていたし。

前田さんの家は玄関の前に門など作る土地はなく、隣の家と隙間なくくっついた集合住宅の一部みたいだった。チャイムを鳴らすと、昼間なのに中学の制服を着た前田さんが出迎えてくれた。うわぁ、微妙。昔からずっとおねえさんとして見上げ続けてきた人が自分より年下なのだ。なんだか据《す》わりが悪い。

「えーっと、どちらさん？」

「あっと、八神と申します。松平さんの、旧友です」

「あー学者センセの。へぇ、あのセンセに友達なんていたんだ」

前田さんが二度ほど手のひらを打つ。

「センセは庭の方でスイカ食べてるよ。そこの部屋入ってすぐんとこ」

いともあっさり、僕たちを家へ上げてくれる。その間、マチへ好奇の視線が注がれていることに気づいて、僕になにができるかを考えた。なにも思いつかなかった。

これでいいのだ。

ぼくが手伝って、マチが車いすごと家へ上がってしまったけどこれもいいのだ。

縁側に出ると若かりし松平さんが季節外れのスイカを貪り食っていた。ブロック塀が目前にある小さな庭と向き合ってあぐらをかき、スイカの種を景気よく地面へ飛ばしている。

種は丁度《ちょうど》、生えている雑草類の根もとへ転がっていった。

無精《ぶしょう》ヒゲが汚く、髪も服もよれているところは変わらない。かつての記憶のままだった。

「松平さんですよね」

顎をもごもごと動かしながら、松平さんが頷く。

「なんだお前ら、借金取りか？」

「そう見えます？」

「見えん。だが見ない顔でもある、なんの用だ」

九年後より性格は尖っているのか、声が鋭い。僕は松平さんの側に屈み、その度肝《どぎも》を抜いてやろうと言ってやった。きっと、この科学者なら平静でいられない。

「僕たちは未来人だ」

スイカにかぶりついた。無反応である。もう一押ししてみた。

「九年後のあなたが作ったタイムマシンで、この時代へ飛ばされてきた」

松平さんがスイカの種を吐き出す。それからようやく、僕の方を見た。

「ちょっと待ってろ」

スイカをお盆の上に戻して、松平さんが突き当たりの部屋に入る。扉が開いたときに覗いた限りでは、便所のようだった。で、その便所の中で「うわきゃきゃきゃー！」とか「来た来た来たー！」と叫んでいるようだった。暴れてもいるようで、狭い便所の扉にどかんどかんと重いものが打ちつけられる音もする。

マチが「バカバカしい」と一言で切って捨てたけど、僕は思わず笑ってしまった。今の僕が知っている松平貴弘に繋がるものが見えて、嬉しくなったのだ。

狂騒が五分ぐらい続いてから、澄まし顔で松平さんが戻ってきた。

「待っていたぞ」

「待っていた、って」

「いつか未来から来ると信じて、常に心構えはしていた」

それであれかい。

「ず、随分《ずいぶん》あっさりと信じるんですね」

「当たり前だろう、未来の俺だぞ。作れるに決まっている」

先程と同じ場所に座る。それからスイカの食べ残しに集っている蟻《あり》を気にせず、一緒にかじる。それを噛み砕いて音を立てて呑みこんだ後、松平さんが僕を見る。

「お前ら、この時代で俺のとこに遊びに来てるガキだな。面影がある」

「そうです。研究所に地震が来て大変なことになりましたね。そのとき、松平さんが一番嘆いたのは棚に置いてあった時計類がすべて潰れたことだった」

信用を得るために、過去の僕しか知らないはずの出来事を語る。

「懐かしそうに話すな、俺にとってはつい数週間前だぞ」

松平さんが溜息をつく。でも、研究資材もほとんどぶっ壊れたはずなのに、その顔にはすぐ笑みが浮かんでいた。意外と楽しかったとばかりに。変な人だなぁ。

「研究所は何ヶ月後に復興の目処が立つんだ?」

「未来のことは聞かない方がいいんじゃないかな、ドク」

時間旅行の理解者に出会えた嬉しさからついおどけると、松平さんも口もとを緩めた。

「その喋り方はガキのときと変わらないんだな」

「そう?」

「あぁ、発音が島特有のものだ。分かるんだよ、俺には」

なるほどね。その笑顔を壊さないために数週間後、今度は雷雨が訪れて更なる大惨事が起きることは黙っていよう。しかも言っちゃあなんだが、その二週間後にはトドメとばかりに台風まで来る。この年は松平さんに限らず、島中の人間が大変な目に遭うのだ。

松平さんがスイカを食べ終えた後、首を伸ばす。僕の後ろにいるマチへ目が向いた。

「そっちの方は、マチ子だったか」

「子はいらない」

「だな。冗談だよ、愛想がすっかりなくなってるから、別人かと思ってな」

笑いながらも、その視線が車いすに向く。マチの表情も微かに曇《くも》った。

なにも語らずとも、マチの未来の一つは車いすが示していた。

「こりゃまた、難儀な人生を歩むみたいだな」

「そうでもないわ」

強がるようにマチが髪を掻き上げる。松平さんも「そうかい」と流した。

「ところで、なんで前田さんの家に住み着いているの？」

「あぁ、そりゃあ親戚《しんせき》だからな」

松平さんがどうしてか、バツ悪そうに眉間《みけん》を掻く。気にはなったが、それより驚いたのは前田さんと親戚であるということだった。そんな話は誰も知らないんじゃないだろうか。

「そうだったんだ」

「んで。お前ら、こんなとこになにしに来た」

僕らを急《せ》かすように話を変えてくる。こちらとしても、本題に入れるのはありがたい。

「実はタイムマシンの修理をお願いしたくて」

「へぇ？」

松平さんがスイカの皮を盆に放る。それから片膝を突く姿勢になった。

「あんたの作ったタイムマシンは一回乗ったらぶっ壊れちゃったんだよ」

「壊れた？　うんともすんとも言わないのか？　外見は無事か？」

「全部イエスだ」

僕が力強く頷くと、松平さんが小躍《こおど》りしたい気分だと言い出しかねないほど、興奮気味に飛び跳ねた。立ち上がり、何度も握りこぶしを固める。その仕草から、僕は自分の嫌な予想が当たっていたことを知った。

「完璧《かんぺき》だ！　俺の理想としたタイムマシンそのものじゃないか！」

松平さんが叫び回ったせいか、前田さんが部屋から僕らの方を覗きにやってきた。うるせぃこの野郎、と唇が動いているけど松平さんの叫び声で音の方は聞こえてこない。

なぜか僕が保護者《ほごしゃ》のように頭を下げながら、松平さんに呆れる。

「やっぱり、一回使ったら壊れるように設計したのか」

「だろうな、俺ならそうする」

「バカじゃないのあんた！」

鼻高々といった満面の笑顔を浮かべる松平さんに、マチが怒鳴《どな》る。ついでに僕まで怒られているような気になって首を竦めた。松平さんは叱られた子供のように唇を尖《とが》らせる。

「む、なにを怒っている？」

「なにを、って、分からないの？　分かれよ！」

「分からんから聞いているのだ！」

なんであんたがキレるんだ。マチと松平さんが真っ向から睨み合う。僕は一歩引き、前田さんの方にまた頭を下げた。まるで自分が常識人になった気分だった。

「わたしたちをこんな時代にすっ飛ばしておいて、タイムマシンが壊れましたぁ？　それでいいと思ってんの、あんた！」

「ダメか？」

「……ダメよ」

マチも呆れ果てたのか、諭《さと》すような調子に切り替わった。自分の怒りが、目の前の変人には通じないと悟ったのだろう。まだ目をぱちくりしている松平さんを焚《た》きつけるように、マチが強引に話を進める。

「わたしは元の時代に帰りたいの。だからさっさと直しなさい」

「あぁ、そういうことか。いいぞ」

松平さんがあっさりと首を振る。だけどマチの険しい目つきは変わらない。

「直せるの？」

「未来の俺にできて、過去の俺にできないはずがない。なにしろ若い俺の方が脳細胞は多いはずだからな」

根拠になっていない。一抹の不安を抱えながらも、松平さんを見送る他ない。急ぎ足で玄関に向かった松平さんは靴を探すように屈み、それから僕らへ振り返る。

「あーそうだ。お前、未来の俺から言伝を預かってないか？」

「伝言？　あー、あったな。確か、なんか番号みたいだったんだけど」

「１２４３８７２１１」

マチが口を挟《はさ》む。一度聞いただけで暗記していたらしい。大したものだなぁ。

「っ。そうか、分かった」

妙に嬉しそうに松平さんが頷く。落ち着かないように、脇の下に入れている手がわきわき動いている。靴を慌ただしく履《は》いて、つんのめるように全力で走っていってしまった。

「暗号かなにかかな、あの伝言って」

「分からないの？」

マチが眉をひそめて呆れ顔になる。血の巡りの悪さを批難するような目つきだった。

「分かるの？」

「当然でしょ」

「なに？」

「教えてあげない」

マチが無表情に舌を出す。それからすぐ、その仕草を恥じるように舌を引っこめた。

その一瞬、気の緩んだ態度に気づき、思わず小さな笑みを浮かべた。

前田さんの家を後にしたわたしたちは、飛び出していった松平貴弘を追いかけて発電所の方へ向かった。このままだと今日中に、島の主要な場所をすべて巡ってしまいそうだ。

タイムマシンの修理がはかどって、そのまま帰れることを祈りたい。

いや、そうでなくてはいけない。

「変わらないなぁ、島の景色って」

北側から回って船着き場の側を通った際、ニアがそんな感想を呟く。釣られて左側に目を向けると、やってきた定期船の積み荷を降ろす大人たちの姿があった。獲《と》った魚を肩に担《かつ》いで運んでいるような、収穫の姿だ。船から燃料の独特の臭いが漂い、顔をしかめる。

確かになにも変わらない。普段から注目していないせいで、九年後と大人の顔ぶれがどう変わっているかも判別できない。同じ人が働いているようにも思える。あの小さなわたしたちに出会わなかったら、過去へやって来たとは信じられなかったかもしれない。

停泊する船の向こうに広がる海原《うなばら》は穏《おだ》やかで、この島をゆりかごにでもするようにゆらゆら、揺れている。昼間は薄緑だけど、朝靄の中での海は青白く見えるのが好きだった。

潮風は冷たく、日差しに浸りきっていた肌を潤す。でも少しざらっとしていた。

ちなみに南側の方がわたしにとって楽なのに北側を通っているのは、小さなニアたちも北側へ走っていったためだ。あいつらの行き先は予測がつくので、鉢合わせないように気をつけるなら同じ道をなぞった方がいい。そうニアが提案したので、乗ることにした。

「昔は船に乗ることが一大行事に思えたなぁ」

船好きのニアの目は、海原のずっと向こうを見るように細まっている。

「そうね」

本土に行ってからもその感覚は残っていた。なにしろ、あっちでは船なんて乗らないし。引っ越した直後は自動車が切れ間なく走っていて驚愕したし、あまりの人の多さに外へ出る度に頭痛がしたものだった。今となっては島の方が違和感あるなんて、贅沢《ぜいたく》な話だ。

一体、どこにいればわたしは満足するのだ……なんて考えていると、ニアが目を丸くしてこちらを見下ろしていたので、ムッとする。なんだこの野郎。

「なによ」

「いや、反応があるとは思ってなくて」

「………………………………そうね」

失態を指摘されて、取り乱しそうになる自分をなんとか制した。腕に力を込めて、狼狽《ろうばい》する自分を表に出さないよう努めた。一瞬でも気を緩ませた自分に腹が立つ。

特異的な事態の渦中とはいえ、ニアと馴《な》れ合《あ》うようでは話にならない。なし崩しに仲が戻ることを危惧し、わたしは車いすの速度を上げる。船着き場周辺は平地なので、ニアを振り切るぐらいの速度を出すのは容易い。ニアと悠々《ゆうゆう》、距離を空けて北東へ向かう。

わたしとニアはその方角にある灯台へ行ったはずだ。ゲームと漫画の需要《じゆよう》が満足にない島暮らしでは、遊び場が家の中になることはまずなかった。灯台の側は広場のように、比較的に木々が少なくて開けていたから、そこでドッジボール等の球技をすることができた。

林の向こうになくしたボールは数知れない。ぽーんぽーんとうっかり跳ねていって、探しに出かけてもどうにも見つからないのだ。まるで林の隙間をくぐると、別の場所へ飛ばされてしまうように、景色も、世界も変わること。それは数少ないこの島での恐怖だった。

過去のわたしを見る限り、記憶力が低いバカだっただけの可能性も否めないけど。

灯台が林の奥で突き出すのが見渡せる場所まで来て、人目がないことを確認してから止まる。ニアを待つ理由はないけれど、急いで行って松平貴弘と二人きりになるのも嫌だった。わたしはニアも変人も嫌いだ。どっちがより嫌いかと問われたら、多分、ニアだ。

それほど嫌いなニアが大好きだった小さなわたしが、今は同じ時間にいるというのもこそばゆい。一目《ひとめ》で未来のニアのことを気に入った素振《そぶ》りを見せたから、余計に。

あいつら、今日はなにをして遊んでいるんだろう。

何の気なしに考えて、思い当たるものがあった。それは鋭く、わたしの脳に差しこむ光のようだった。光は綿あめのように、或いは粘土のように形を変えて、思い出を描く。

記憶は唐突《とうとつ》にその引き出しを開いて、頭の中にそれをばらまいた。

内面に向いた、心の目が一面、それを捉える。

途端、奥歯の更に奥の歯ぐきから、苦い液体がこみ上げた。

確かこの年、この時期は。

この頃、僕たちはあの灯台の側で自転車に乗る練習をしていた。僕は小学二年生のときに練習して乗れたが、マチはまだ乗れなかったのだ。理由としては、マチの家に自転車がなかったことと、島で暮らすだけなら必須《ひっす》でなかったことがあげられる。

僕は祖母のお下がりの自転車があったので、時間だけはあったから乗りこなせるように努力した。島の中で年に一度、島内一周の自転車レースみたいなものが催されていたからそれに参加したいという気持ちもあった。今年、初めて参加することになっていた。

そして、僕とマチは。

「遅いぞお前ら。後、歴史的発明をこんなところに放っておくな」

発電所の側までやって来ると、先に訪れて軽トラの周囲をぐるぐると物珍しそうに回っている松平さんが口癖をこぼした。いつの間にか上着として薄汚れた白衣を着用して、縁《ふち》なし眼鏡《めがね》までかけていた。僕たちの乗ってきた軽トラに向けて何度も唸っている。

「これか？　俺の作ったタイムマシン」

「そう」

「良いセンスしてるなぁ。車型にこだわっているところが最高だ。しかも軽トラだぞ」

ボロい軽トラを前にして自画自賛の連続だった。九年後も性格はそのままである。

「軽トラなのは金がなかったからだと思う」

「だろうな、あるはずがない。二台目を作る機会があったらせめて、ナンバープレートがくっついているやつにしよう。いや、夢はでっかくデロリアンか。買えるのか？」

前面を覗きこみながら、松平さんが猿みたいに反省のポーズを取る。もっと根本的なところを改善してほしい。使用する度にぶっ壊れるようなタイムマシンはどうなんだ。

「で、直せるの？」

少々苛立《いらだ》っているようにマチが尋ねる。松平さんは即座に「分からん」と答えた。

「覗いてみないとどうにも言えん。さすが俺、一見では自分にも理解不能な才能だ」

「弄くって一層、使えなくしないでよ」

マチが釘《くぎ》を刺すと、松平さんがやれやれとばかりに首を振った。

「お前ら、九年間も俺のなにを見てきたんだ」

タイムトラベルに挑戦してことごとく失敗したこと。そして、成功したこと。

「とにかく見てみる。お前らはそこらへんで乳繰《ちちく》り合っていろ」

松平さんが軽トラに運転席から潜りこむ。大柄な松平さんが乗っていると、狭苦しい軽トラが玩具《おもちゃ》のように感じられる。ハンドルを握ってご機嫌に「ぶおんぶおん」とか言い出した。それをしばらく眺めていたけど、ニヤニヤしたまま一向に調査を進める気配がない。そうなると僕より先にマチがせっついた。

「マジメにやらないと轢《ひ》くわよ」

せっつくどころか脅しだった。松平さんがハンドルを手放し、舌打ちをこぼす。

「余裕のない女だな」

「あんたは他人事だからいいでしょうけど、わたしには切実な問題なの」

マチはあくまで、「わたしたち」とは口にしない。無論、僕の意思を尊重しているわけではない。僕と一括《ひとくく》りにされることが嫌なだけだ。僕も、そっちの方が助かる。

松平さんは勉強しろと叱られた子供みたいに、ぶつぶつと愚痴を流しながらボード上の機械に手を伸ばす。口から出るのは文句ばかりだが、目つきの方は真剣味を帯び出した。

偏執的《へんしつてき》な部分も感じる狐顔が一層尖り、遺跡の探索でも行うような慎重さで機械を弄る。スイッチらしきものを入れて、戻し、配線の行き先を丁寧《ていねい》に確かめる。

そして本格的に調査を始めようとする前に、僕の方へ向いた。

「時間がかかるぞ。しばらくは島の中でも回ってきたらどうだ」

「いいよ、ここで待ってる。昔の僕らと会いたくないし」

それに祖母の元気な姿を見たから、この時代に来た価値はそれで十分だった。帰ってからまた、祖母を見る度に胸が痛むのだろうけど。

「ほうか」と生返事をしてから、松平さんが座席の下に手を突っ込む。何事かの作業を始めて、僕たちを蚊帳《かや》の外に置いた。手持ちぶさたとなって、周辺をふらふらと歩く。

軽トラの荷台を覗いてみると、マチの床ずれ防止用のマットが積まれていた。現代の松平さんが用意しておいたのだろう。その心遣いはありがたいが、他にもっと色々、準備しておいてほしかった。

それから発電所の前や研究所の残骸《ざんがい》を覗いてみたけど、目につくようなものはない。島の空気も空も、僕が知りすぎているもので新鮮味も、懐かしさもなかった。すぐに行き場は失われて、木の幹に背中を預けて座りこむ。マチは車いすに座ったまま、険しい表情を崩さない。

松平さんが車内を弄る様子を監視するように、目を逸らさない。

よっぽど元の時代に帰りたいのだろう。なんて、他人事のように思う僕はどうなんだ。僕だって帰りたい……のか？　その流れに沿って行動はしているけれど、本心からそれを望んでいるのだろうか。別にこの時代でなにかしたいわけじゃない、けれど。帰ったところでなにがあるのだ。その問いかけは思いの外、重苦しい。

大学での悩み、島で生きる中での悩み。なんにも考えないで走り回っているだけで一日が終わっていった気楽な毎日は湯水のように溢れていたはずなのに、今は枯渇した沼の底で、干からびるのを待っているだけに思えた。大人になるって、そういうことなのか？

松平さんの首が運転席の窓からはみ出てくる。車内の臭いが嫌なのか、鼻を摘んでいた。

そのままふがふがと、鼻づまりの調子で喋りかけてくる。

「お前ら、金はあるのか？」

「貸さないよ」

「借りないよ、もう。それはさておき、故障のついでにガソリンも足りん。空《から》ではないが、未来まで走るには足りないだろうな。島にスタンドなどないから、輸送費を含めて割高になるぞ」

妙に現実的な話が混じった途端、マチが眉間にシワを寄せて苦言を露《あらわ》にする。

「ガソリンも入れてないなんてどこまでケチ臭いのよ、未来のあんた」

「わはは」

笑うところはなかったはずだけど、松平さんはなんでか笑顔だ。

「あ、待てよ。郵便担当の軽トラのガソリンを盗む手もあるか」

「お前が待て」

止めておかないと本気で実行しかねない。いや、止めてもやりかねない。

「それとパーツが幾つか焼けついているから、交換が必要だな。取り寄せるにはやはり金がかかる。あぁ、他人事ながら金の問題には気が滅入《めい》るな」

松平さんが額に指を突いて俯いてしまう。日々、貧乏に喘《あえ》ぐ科学者としては思うところがあるらしい。軽トラも明らかに廃棄物の調達って感じだしなぁ。

「お金さえあればどっちの問題も解決できるのね」

マチが確認を取ると、「おぅ」と松平さんが鷹揚《おうよう》に頷いた。

「交換用のパーツが届いて、修理して……一週間か、二週間ぐらいで済むだろ」

そんな長い間、この時代にいないといけないのか。それだけの時間があると、どれだけ注意を払っても迂闊《うかつ》な行動を取ってしまいそうだ。それこそ、未来を一変させてしまうようなきっかけを生んでしまいそうで、不安が押し寄せる。

「二週間……げ」

マチが露骨《ろこつ》にげんなりする。二週間経つとなにがあるか気づいているらしい。

自転車レースがあるのだ。それが終わった後、僕とマチは殴り合う運命にある。

「それも金があってからの話だがな。お前ら、アテはあるのか？」

「あるわけないよ」

「だろうな。……んーよし、俺がなんとかしてやる」

「おぉっ？」

思わず声が上擦《うわず》った。まさか松平さんからそんな援助を口にするとは思いもよらなかったのだ。マチの方もさぞ驚いているだろうと予想して顔を窺ったけど、これが意外にも目立った反応はない。松平さんの心中を見抜くような、鋭い目つきを維持していた。

「ただし元の時代に帰ったら返せよ」

「あぁ分かってる。任せて」

「借用書にもサインしておけ」

「はいはい」

なんにしても、資金の問題が片付くのは助かる。抱える問題を一つ肩代わりしてもらえたことで、肩に感じていた煩《わずら》わしさが薄れる。残る問題はえぇと……いくつだ。

「しかし二週間もどこに寝泊まりする気だ？　行っておくが俺の家はダメだぞ」

早速、松平さんが次に取り組むべき問題を振ってくれた。俺の家という図太い表現に呆れる。

「あそこは前田さんの家だろ……。いや、大丈夫。なんとかする」

僕だけなら野宿も視野に入れるけど、マチに関してはそうもいかない。祖母の家も考えたけど、それは無理だろう。この時代にはまだ存在する民宿に泊まる金もなく、だとすると選択に迷う余裕さえない。僕は敢《あ》えて毅《き》然《ぜん》と顔を上げて、東の方向を向く。

見上げた先には今日も、島の置物の発電所があった。

発電所にはオバケが住み着いているという噂話があった。その噂を確かめるべく、わたしが十歳のときに、島中の子供（二十人ぐらい）で一大部隊を結成して発電所の敷地《しきち》を探検した。放置された建造物というのはなぜか、子供心を強く捉《とら》えたものだった。

探検の結果、オバケに会えたかは語るまでもない。

そして今、再び発電所を見上げてわたしは思う。

「まさかオバケって、わたしたちのことじゃないでしょうね」

時系列もそれを示唆するように一致していた。怪談の正体がタイムトラベラーとは笑えない。そんなの夢がない。時間旅行者がこうして存在するのなら、オバケもいていいはず。

ニアが宿泊先に選んだのは無人発電所だった。灯台には子供が寄りつくけど、発電所の方は親の注意もあってあまり足を運ばないことを覚えていたのだろう。神社の軒下と発電所内だったら、まだ屋内の埃っぽい空気を吸う方がマシだった。

「脇に事務所があって、仮眠室代わりに使っていたみたいだ。簡易キッチンもあるし、なんとかなりそう」

敷地内を一通り見回ってきたニアが、入り口に戻ってきて報告してくる。それを受けて、わたしは事務所の方へ向かった。回る車輪が地面から生える草を巻き込んでしまって、時々止まるのが不快だった。

発電所周辺はおびただしいほどの木々に囲われていた。ブロック塀はコケと小さな草で覆われて、石垣も木に呑みこまれてしまっている。事務所というのも木造の小屋で、倉庫にしか見えない。中にはツルハシや缶ジュースの残骸が転がっていた。

事務所の中は昼間でも薄暗く、空気も淀《よど》んでいる。浮かび上がる埃を眺めていると、微かな風の流れを目にしているようだった。こんな空気に胸を高鳴らせていたのだ。

この島には刺激がない。凪《なぎ》のように無風で、穏やかで、停滞している。

「一応、非常時には稼働させる予定だから水道は通してあるみたい。助かったよ」

「ふぅん……ご飯はどうするの？」

「備蓄の非常食があったよ。乾パンぐらいだけど、後は……魚を捕まえる、とか？」

後者に関してはニアも自信はなさそうだった。釣りには幾度か挑戦したけれど、満足のいく釣果《ちょうか》が上がった試《ため》しはない。海女さんの真似をして海に飛びこんだら、陸に上がれなくなって船着き場の大人に救助されたこともある。よく生きていたものだ。

「でも本当に、こんなところで大丈夫？　提案しておいてなんだけど」

ニアがわたしを気遣ったように、意見を窺ってくる。車いすで生活するわたしに不都合がないか、遠慮があるみたいだった。ニアにそうした態度を取られると、なんでか、他の人にそう扱われるより重苦しいものがある。顔を上げているのが、少し辛《つら》くなる。

「大丈夫じゃないに決まってる」

「だったら、」

「どっちみち、この島にいるならどこに行ってもバリアフリーの思想なんかないわよ」

たとえ自分の家に帰れたとしても、そこにわたしへの配慮はない。だったら発電所の仮眠室であっても変わらない。むしろ人目につかない分、こっちの方がマシだった。

「じゃあここでいい、のかな」

「ここしかないのよ」

他にどこにも居場所はない。本土へ行ったら余計に身の置き場なんかないだろう。

ここはある種、隙間が多い。人の目から離れた孤島には、唐突な来訪者を懐《ふところ》にしまいこむぐらいの隙間があるのだ。身を隠すのにも適している、だと犯罪者みたいだけど。

ニアは顔こそ浮かないものの、納得はしたらしく首を縦に振った。

「んじゃあ、僕はこれで」

「どこ行くのよ」

「近くに水流を調整する小さな施設があったから、そこに寝泊まりする。なにかあったら呼んで」

そう言ってニアが本当に事務所から出ていこうとする。いや、ちょっと待った。

「なんで？」

「え。あー、息が詰まるかなと」

僕がいると。言外にそう付け足して、ニアがわたしの反応を待つ。まったくもってその通りだった。だから『ばいばーい』と手を振って快く見送るのもアリだけど、しかし。

「別に、気にならないわ」

後悔は所々にあるけれど、引き留めるためにそう言った。

肩にそっと触れられでもしたように、ニアが身体を仰け反らせて驚く。そこまでか。

「……ああ、そうか。気が動転しているんだな、うん」

「なに納得しようとしてるのよ。もう落ち着いてるから」

現代っ子はこの程度の超常現象なら、巻き込まれても順応が早いのだ。いやこの程度で済むことじゃないけど、そういう面は同年代なら誰しもがもつと思う。よく言えば寛容、悪く言えば現実と虚構の線引きが曖昧であるということ。それが今回は有利に働く。

「いたければ好きにいればいいのよ。ここはわたしの家じゃない」

そしてわたしのいるべき時代でもない。だから声高《こわだか》く主張することなんか、なにもない。

わたしとニアの確執《かくしつ》はあくまで、わたしたちの時間にあるべきだから。時の流れに逆らっているこの瞬間、それの出番はない。と言っても、なにもかも許せるわけではないけど。

「いやでも、どんな心境の変化が？」

ニアが恐る恐るに尋ねてくる。この時代では唯一、ニアだけがわたしの仲間だ。

そう言おうとして、でも止めた。仲間なんて、気恥ずかしい言葉は使いたくない。

「あんたが嫌いでも、薄情ではありたくないのよ」

嫌うなら自主的に嫌う。なんでも人任せにしておかない。そういうことにしておいた。

納得しかねるように、ニアは事務所の側に座りこんで、ぼぅっと空を見上げる。口を半開きにして空気を取りこむ金魚のようなニアは、わたしがなにか声をかけるのを餌《えさ》のように待っているのか、それとも避けているのか判別しづらい態度だった。

「あと、あんたがいた方が便利なのは確かでしょ」

「あぁ、うん」

付け足してみたけど反応は鈍かった。そろそろと事務所の中へ入って距離を置いてみる。ニアは動かない。こちらを一瞥してきたけど、口は開いたままだった。その馬鹿面が気に入らなくて、すぐに前を向いた。

しゃりしゃりと、積もった埃を車輪が掻き回す音がする。薄暗い事務所の中央で見渡せるのはオバケでもなんでもない、くたびれた発電所の中身だった。

一人きりの探検は味気なく、放置された毛布が古臭くて嫌になる。

「あぁもう、ややこしいなぁ」

こんなことなら、もっと計画的に喧嘩するんだった。


あの後、二人で乾パンを一缶ずつ開けて胃袋を落ち着かせた後は、事務所の中にこもっていた。考えたいことが山ほどあったし、喉は渇《かわ》いたし、なにより眠かった。

気づけば僕は横になって、そのまま寝入っていたようだ。ふが、と自分のいびきを鼻の先で聞いてから身体を起こす。眠る直前まで考えていたはずの様々な案件は台風が過ぎ去った後の空みたいに、根こそぎぶんどられていた。枕もなしに仮眠室の畳の上で寝転がっていたためか、頭痛がする。額を押さえて、しばらく動けなかった。

発電所内は電気も生きているため、事務所の中は過剰《かじょう》なほど明るかった。部屋に飾られているカレンダーの日付は僕が生まれた年のまま止まり、窓の前には多量の箱が積み上げてあって開けることはできない。広さは十二畳程度で、毛布は二人分用意してあった。

学校の宿直室を思い起こさせる部屋の作りだ。発電所内の標語の書かれたポスターを眺めて、それからすぐ上の時計に目をやる。時計の針は二時を示していた。秒針の方が羽をむしられた虫のように痙攣《けいれん》しているから、恐らく正常に動いてはいないだろう。

外は既に真っ暗なことから、夜なのは明白だった。けどまさか、午前二時はない。あと、マチがいないことにも気づいた。外にでも出ているのだろうか。

頭痛が少し治まってから、事務所の外へ出た。未来人として歯ブラシと枕の用意を怠ったことに後悔することそのものが悔しい。マチはどこに行ったのだろう。耳を澄ましても、マチの車輪の回る音は聞こえてこない。周辺を少し歩いてみることにした。

草を踏む感触、虫の鳴き声。肌寒い夜の冷気に、顔をくすぐる木々と枝。そのどれもが不確かに思えてしまうのはやはり、目の前が抑揚《よくよう》なく真っ暗だからだろう。

目を瞑っているのではと誤解するほど、外灯一つない島の夜は本当に暗い。道を歩いていてもすれ違うのは猫ぐらいだろう。猫は夜中、島内を徘徊していることが多い。

昼は人間の島で、夜は猫の島。そんなルールを密かに、島の神様が決めたのかもしれない。

それはさておき、マチはすぐ発見できた。

どこで調達してきたのか、黙々と大型のシャベルを持ち上げていた。しかも片手に一本ずつだ。ふっ、ふっ、ふっと定期的な吐息のリズムと、腕の上下が一致している。肌に滴る汗の量が肌寒い十月の夜とは思いがたかった。声をかけるのも躊躇われて、しばらくそのまま見守る。眺めている間、僕にそれができるか考えて、無理だと結論を出した。

ふと、マチが視線に気づいたように振り返る。汗が額を割るように斜めに流れた。その汗で前髪が濡れてべったりと額に張りついている。子供の頃、遊び終わった後によく見た髪型だ。

「覗《のぞ》き魔《ま》」

「筋トレ？」

「……不安なの、鍛《きた》えておかないと」

噛み合っていない会話ではあるが、話ができたことだけで快挙だった。僕は木に寄りかかって、マチの背中を見つめる。マチは僕の視線が気になるのか、シャベルを両方とも下ろして筋トレを中断した。それから、珍しいことにマチから話を振ってきた。

「ダンベルなんてないから、スコップを借りたの」

「スコップ？　シャベルだろ？」

「違うわ、スコップ……って」

そこでマチが目を細める。眉間に指をつき、はーっと息を吐く。

「昔もこんな言い合いした記憶がある」

言われて腕を組む。夜空を仰ぎ見て、ああ、と思い当たった。

「あったな。浜へ遊びに行くときにシャベルを持ち出して、途中で口論になった」

「結局、浜へ遊びに行くことはやめて島中の大人に、どっちで呼ぶのか統計を取ったわ」

「どっちだったかな？」

「忘れた」

マチが緩く首を振る。本当に覚えていないようだった。でも、その顔は常日頃の険しさが薄れて、なにかに満たされるようでもある。僕はそれを見て一歩だけ、マチに近づく。

「なんか今日は、大変なことになったな」

勇気を振り絞って、マチとの会話を続ける。マチもその空気を読み取ってか、汗を拭うついでに苦い顔となった。苦渋、苦難。錯綜《さくそう》する苦悩の果て、マチはどう出るのか。

「大変で済まないわよ、これ」

マチが鼻を鳴らす。僕を睨み、けれど距離を取らない。僕たちは一メートル強の間を取りながら、横に並ぶ。真っ直ぐと暗闇に向き合い、そして時々、横に目をやる。

「島では騒ぎになっているかな。僕たちがいなくなって」

「あの男はどう言い訳するんだか」

今度は面白がるように、鼻で笑った。それから前髪を上へと掻き上げる。

「松平さんがどううまく取《と》り繕《つくろ》っても、両親は納得しないと思うけどね」

「べつに、極端には騒がないでしょ。昔ならともかく、今はもう」

「どうかな。僕はともかく、マチは女の子だし。親はやっぱりうるさくなるよ」

知ったようなことを言ってみる。マチにはそれなりに詳しくても、その両親までは親しくない。親の話が出て、マチの表情に陰りが出る。失言だったかな、と目を逸らした。

「わたしとあんたの失踪《しっそう》、セットで扱われてるのかな」

「かもねぇ」

「ひょっとしたらか、」

そこまで流暢《りゅうちょう》に口を動かしていたマチが唐突に固まる。ごほごほと白々《しらじら》しい咳払《せきばら》いを挟んでから、マチが何事もなかったように首の向きを直す。そして口を噤んでしまう。

しばらく待っても続きがないので、催促《さいそく》してみた。

「か、なに?」

「なんでもない」

「気になるんだけど」

知るかと一喝《いっかつ》されることを予期しながらも突っ込んでみる。すると意外にも、マチは恨めしそうに唇を尖らせるだけだった。そしてふて腐《くさ》れたような態度で、つまりながら言う。

「駆け落ち、と間違えられた、かもね……と、言おうとしただけ」

「…………………………」

マチもそうだろうけど、僕も『だけ』では済まなかった。言った方も言われた方も順当に赤面して、相手への歪《いびつ》な意識を高めてしまう。それは思いつかなかった。

マチの発想の自由さを評価する一方で、その顔を直視できなくなる。気まずい。こういうときこそ、空気を読まない松平さんが欲しい。まだそこらへんにいないだろうか。

「駆け落ちだとしたら、凄《すご》い場所を選んだよな。絶対に誰も追ってこられない」

僕がそう言った直後、摑んでいたシャベルを振るって、マチが低く唸るような声を出す。

「調子に乗るな」

「うん、ごめん」

「あっち行って。もう少し運動するから」

シッシと手で払われる。僕はそうされるがままにその場を離れ、事務所の中へ逃げこもうとする。が、言い忘れたことがあったので引き返す。

「そうだ、寝るときは手伝うから声をかけてくれ」

返事はなかったけれど、闇の中でマチの頭が縦に動くのを見た。

九年後のしがらみから離れて、過去へと戻ったことで僕らの関係も、少しだけ巻き戻ったのかもしれない。もっとも、それは失敗した関係なのだから戻りすぎてはいけないのだろうけど。

「…………………………………………」

後退は、悪いことだろうか。前進だけが正解だろうか。

大事なことは進む方向よりも、目的地へ着くこと。僕らの目的地は、どこだ？

元の時代？

だけど帰ってどうする。そう、寝る前にずっと自問していた。

この時代には元気な祖母がいる。マチと仲の良い僕がいる。九年後には失っている

すべてがあり、島の環境にも大差がない。両親も若く、マチは自分の足で走り、それ

から、それから。挙げ出せばキリがないほど、過去は満ちていた。幸福に溢れていた。

それが単なる思い出への感傷にすぎないと考えて振り切っていたけれど、目の当た

りにするとその嘘に気づかされる。僕はこの現実から目を逸らしていた。逃げていた。

昔の僕は、今よりずっと幸せだったのだ。

幸せだった昨日に、人は抗いがたい。瞼に押し寄せる睡魔《すいま》のように。

だから。

そうして僕たちは再び、九年前の世界で生きることになった。
恐らくは僕たちの、もっとも幸せだった世界で。

三章　『きみにだけ聞かせない』

過去とは積み重なるほどに厄介《やっかい》なものとなる。それを、ニアはわたしに痛感させる。嫌いになりきれない。積み上げてきた過去が邪魔をして、歯止めを利かせてしまう。

……それはさておき。一日過ごしてみて、不満が一つできた。ニアが起きたら早速、相談してみよう。事務所の窓から映る、夜も明けきっていない緑色の空を見上げながら、未来への思いを馳《は》せた。この空が後、何度塗り代わればわたしは帰れるのだろう。

「乾パン飽きた」

「は、早いッスね」

起き抜けのマチの一言で、僕が次にやるべきことは決まった。

「魚釣りを試してみるよ。ボウズだったら、あー、松平さんに相談しよう」

乾パンの缶詰めを一旦置いて、マチと外に出た。日は昇っているのだろうけど、鬱蒼と茂る木々の葉が陽光を遮っている。天然の日傘《ひがさ》として働いてくれるので助かる。

「釣り、任せていい？　ちょっと行きたいところがあるんだけど」

マチが控えめに窺ってくる。食料の調達を人任せにすることが後ろめたいらしい。僕としては、そういうことを相談してくれるだけで充実感があった。

「分かった。じゃあ二時間後に、船着き場んとこで」

「ん」

マチが小さく頷いて、北側の方へ向かっていった。僕もそっちに用があるんだけどしばらく待って、松平科学サービス跡の前で時間を潰した。松平さんもさすがにこの時間では現れない。僕たちの乗ってきた軽トラは昨日と同じ位置にあって、外見の変化もなかった。

松平科学サービス跡に残してある、未来へのSOSに返信はない。松平さんが九年後も愛読している本の間に挟んでおいたから、届いていると思うのだけど。九年間、帰れないままだとしたら未来にタイムマシンがあるはずだ。それで助けに来てくれてもよさそうじゃないか。それとも僕たちが九年以内に現代へ帰るから、なにも手を打たないでいるのだろうか。

もしくはこのタイムマシンが一回の使い切りで、助けることができない。……あり得る。

あと、考え得るのはそもそも松平さんがこの島にいない。僕たちが過去へ飛んできたことで未来が改変されたのなら、それもあり得る。ただそもそも、過去を変えると未来が変わるとは誰も証明していないのだ。様々な娯楽作品で行われる時間の改変は、僕らの世界ではどう作用するのだろう。その結果はきっと、僕たちが無事に未来へ帰ったときに証明される。

今の僕がいくら考えても、腹の虫が切ない悲鳴を上げるだけだった。

「食事か。切実ではないけど、どうしよう」

二日目にして乾パンに飽きるとは。まぁ僕も飽きたけど。味が単調すぎるから。

十五分ほど時間を空けてから、船着き場の方へ向かった。

釣《つ》り竿《ざお》は昔の僕が作ったやつを借りることにした。船着き場の倉庫に投げこんで放置してあるそれを拝借し、人目につかないように離れる。泥棒と勘違いされたらたまらない。

島は釣りの禁止地域が多い。釣り糸が海女さんに絡むことが数度あったからだ。僕は船着き場から西に沿って進み、波止めブロックの先にある岩場で釣りをすることにした。

岩場というか、砂浜の上に防波堤《ぼうはてい》みたいに巨岩がゴロゴロしているだけなんだけど。

ぼくらはそれを岩場と呼んでいた。名前は忘れたがこの岬で、昔も釣りに挑戦したことがある。一日で飽きたけど。

今のところは海水しか入っていないバケツを足もとに置いてから、釣り竿を構えた。

「釣れるかなぁ……」

ボロという表現が相応《ふさわ》しい釣り竿を叩きながら訝しむ。独《ひと》り愚痴っていても寄せる波ぐらいしか相づちを打ってくれないので、釣り糸を投げ垂らしてみた。餌は岩場でほじくり出した虫を適当にくっつけてある。釣ることさえできれば、後はなんとでもなる。

祖母の家へ持っていって調理して貰えばいい。昨日の様子なら、それぐらいは手を貸してくれると思う。後は、民宿に売るとか。うん、それはいいかもしれない。

あくまで、釣れれば。

波が砂浜と僕の足を濡らす。足首まで覆われて、その冷たさが上半身を身震いさせる。握りしめていた釣り竿もふるふると頼りなく揺れた。波が引いて、また足首が濡れる。

「…………………………」

過去にきて、やることは食料を求めて釣り。現実的なような、夢がないような。

しかし特別になにか行おうとするのは、過去を変えてしまうことに繋がるかもしれない。それならこうして大人しく、釣りに取り組んでいる方が波風は立たないだろう。穏やかな海から来る風は、霞がかった青色を連想させる冷気を含んでいた。遠くの島は蜃気楼のように薄くぼやけて、淡く広がった雲にすっぽり覆われているみたいだ。僕たちはあの隣の島を『あめりか島』と呼んでいた。海の向こうにアメリカがあると聞いていたからてっきり、それだと思っていたのだ。うーむ、バカだね。純粋に、バカだね。

そうこうしている間に棒立ちの足が痺れてきて、ぶっちゃければ飽きてきた頃。

魚以外のものがやってきた。

「おーいー。やーほーいー」

「うぎっ」

マチだった。小さい方のマチが波止めブロックを飛び越えて、砂浜を駆けてやってくる。愛用の桃色のビーチサンダルが砂の上でもぺたぺたと鳴る。しかも、速い。砂浜を短い足で懸命に走ることで際限なく加速しているようだった。さすが島一番の俊足だ。

でも、そうしてマチが走る姿を目の当たりにすると、胸が疼く。

車いすを普段、意識しないでいようと思っていても。やっぱり、全部は無理だ。

「あー、やっぱし。それ、わたしの釣り竿」

距離を詰めて、息切れもしていないマチが笑顔で指摘してくる。いや、全部僕が作ったんだぞ。マチは側で応援しているだけだったじゃないか。とは言えない。

「ごめん、借りちゃった」

「いいけどー。外の人って実は釣り人？」

「今日だけね。朝ご飯を釣り上げないといけないから」

シャイで黙りっぱなしの釣り竿を叩く。ついでに魚もシャイだ。積極的になろうよ。

マチは僕の隣で背伸びして、腕を組んで妙に偉そうだった。なにしに来たんだろう。

「ええと、きみは、」

「エリザベスですわ」

嘘つけ。鼻まで高くして。

「男の子の方にマチって呼ばれてなかった？」

「おぉ、なかなかのドーサツリョク。外の人は探偵？」

釣り人になったり探偵になったり、忙しいな。しかも、実は呼ばれていない。僕がここに来てから、呼んだところには出会していないのだ。当時のマチがいい加減でよかった。

「きみは遊びに来たの？　一人、みたいだけど」

周囲を見渡しても、金魚の糞のような僕がいない。マチは薄っぺらい胸を張った。

「ここはわたしのべすとぷれいすなのさ」

「なにそれ」

「知らん。外の本に書いてあった」

外の本というのは、前田さんが購読している本土の新聞が二週間に一度、纏《まと》めて捨てられるのでそれを拾って読むことである。話せばくれただろうけど、僕たちはスパイごっこも兼ねていたので人目につかないように取っていくことを好んだのだ。

「ここにはね、砂浜を走ると体力作りにいいから、毎日走ってるの」

「へぇ」

そんなことしてたのか。どうりで学校に来るとき、いつも汗だくだと思った。

「この特訓は由緒正しいですぞ。野球漫画でやってたもの」

「あぁ、あったね」

マチの父親が所有している漫画本を二人で一日かけて読破したものだ。二人で一緒に一冊の本を読むのはいいけど、マチは読むのが早く、しかも台詞《せりふ》を全部口にするので集中しづらく、コマを追いかけるのが大変だった。首と目が凄く疲れた覚えがある。

「みんなにはナイショだよ」

「内緒の話を教えて貰えるとは光栄だな」

「こーえー？」

「嬉しいってこと」

マチがきゃっきゃと飛び跳ねた。砂浜を蹴る音が小気味よく、僕も頬を緩める。

しかし、特訓ね。当時のマチのことはなんでも知っていると思っていたけど、そうでもないみたいだな。マチが来年に引っ越すことも、最後まで教えて貰えなかったし。

「……そうか」

僕の釣りといえばここ、と知っているから同行を避けたのかもしれない。昔の自分と鉢合わせないように気を遣ったのかな。本当に出かけたいところがあった可能性もあるけど、回避も兼ねているのだろう。そういった計算を感じさせない、涼やかな態度だったな。

そうした冷静さはこの幼少期から……うーむ。片鱗《へんりん》も見られない。

「あんまり見つめると顔が真っ赤《まっか》になるっちゃー」

「おやおやごめんね、はっはっは」

「なははは」

……そうなんだよなぁ。

マチって、昔はこんなに緩い子だったんだよなぁ。

おにいさん、なんでか無性《むしょう》に泣きそうになったよ。


「わかいの、ちはー」

「……おはよ」

小さなニアに早朝から絡まれるわたしの胸中を、どう表せばいいのか悩む。船着き場の周辺で、物資運搬《うんぱん》をぼけーっと眺めていたニアがわたしに気づいてなぜか近寄ってきた。

飼い主を見つけた子犬のようである。妙にふらふらと斜めに走りながら、ニコニコしているニアがわたしの、やっぱり膝もとに手を置く。感触はないけれど、頬がむず痒い。

「もう一人のわかいのは？」

「さぁね」

目の前にいるけど。

キョロキョロしているニアが他に誰もいないことを納得したのか、大きく頷く。

「うむ、チャンスだ」

「チャンス？」

「今のうちにおねえちゃんとなかよくなろーっと」

そう言って、わたしの足に抱きついてくる。わたしの足に感覚はない。けど、ニアが触れていると意識することで顔には灯《ひ》がつく。目の下にだけ日差しが集《つど》っているようだった。

いやいや、落ち着きなさい。相手は小学生だから。でも、ニアだし。いやニアのことは大嫌いなはずなのに、距離を詰められると動揺してしまう。なにが原因なのだろう。

「え、と。あんなとこでなにしてたの？」

ぼうっと、口を半開きにして実にマヌケ面だったけど。涎《よだれ》垂れそうだったし。

「きみをまっていたのさー」

「……は？」

「美人さんにはこう言うって外の本に書いてあった」

「あぁ、そうなの。そりゃ、どうも」

美人、美人って。小さくともニアに褒められていると、反応に困る。そんな風に、ニアから直接賞賛されるのはこれが初めてだということもあって、余計に。

「でもほんとは、暇だっただけ」

「暇って、学校は？」

「日曜日だし」

日曜日？　九年後の水曜日からやってきたので、今日も平日だと勘違いしていた。でも実際は昨日、こちらでは土曜日だったらしい。だから昼前の時間に、わたしとニアが小学校から飛び出してきたわけだ、なるほど。……日曜って、なにをして過ごしていたかな。

「おねーちゃんはどっか行く気だった？　散歩か？」

「ん、神社にでも行こうと思って」

「神社？　お祭りはしばらくないよ」

「ううん、ただのお参り」

早く帰れますようにと祈りに行くつもりだった。藁《わら》にも縋る思いがあるなら、神にも縋っておこう。そんな心境だ。非現実的だと笑う気はない。その非現実に翻弄《ほんろう》されて今、ここにいるのだから。もう神様がいたって驚きはしない。多分。

「あれれ、外の人だけど神社の場所知ってるの？　外の人すげー、なんでも知ってる」

「あ、いいえ。知らないかも」

中途半端な受け答えになってしまった。ニアの癖にそんなことに気づくとは。

「ほっほー。じゃあ案内してあげる」

ニアがわたしの手を遠慮なく取り、引っ張ろうとする。車いすを慌てて操作しながら、その手に釣られてわたしが進んでいく。ニアの歩幅は狭く、追いつくことは容易い。けど。

「……これだから、島暮らしの子は。人に壁を作ればいいのに、少しは」

「わっほっほー」

わっほーじゃないっての。もう諦めて、ニアと一緒に神社へ向かった。

島の中央にある山の麓《ふもと》に建てられた神社への道中は、昔と目線の高さが違うだけで随分と新鮮だった。つまり事故に遭ってからずっと、神社なんて来たことないのだ。

灯台へ向かう道から右に逸れて、途中までは獣道《けものみち》の如く舗装もされていないけど、ある場所から唐突に石段が設置されている。その石段を道なりに進んでいけば、神社はすぐだ。もっとも、わたしは石段を上れるはずもないので脇の舗装されていない道を進むことになるけど。

「ねぇねぇ、おねーちゃんって自転車レース参加する？」

「えっ？」

唐突にニアが振り向いて、朗らかに尋ねてきた。握られた手がニアの目線より少し高く上がり、踊りにでも誘われているようだった。けど、その質問は華やかどころか泥臭い。

「しないわよ。できないの」

車いすを指差す。この小さなニアを責める気にはなれない。知るはずがないのだ。車いすという存在は知っていても、その意味を。

「なんで？　それ、自転車みたいなものじゃないの？　輪っかが二個あるでよ」

「……関係ないでよ」

「ふぅーん。それは残念じゃー」

ぴょこぴょこと左右に飛び跳ねる。今みたいに、変に遠慮されているよりはマシかな。

もしわたしがまだ歩けていたなら、ニアとの関係はまた変わったのだろうか。

そんなことを考え、石段をニアと共に上って神社に着く。神社、といっても鳥居《とりい》から階段をかなり上らなければ上には辿り着けない。脇の坂道をゆっくりと、慎重に進んで神社を目指した。

管理人もいない神社は祭りの時期以外は薄汚れている。祭りの二週間前に、学校の子供たちが授業の一環として一日かけて大掃除するのが通例だった。わたしとニアも参加して、箒でチャンバラしていた覚えがある。掃除をした記憶はない。してないしね、うん。

「ついたー。いのいの」

ニアが遥か高い神社を指差すついでに祈るという罰当《ばちあ》たりな行為に出る。建物の壁を箒《ほうき》で叩いて危うく壊しかけたときから、まったく反省していないようだった。だよねぇ。

神社で神様が暮らしているなんて、意識して生きてこなかったし。

それなのに今は神様に祈ろうとしているのだから、ムシが良い。でも昔から酷いことや辛いことがあると、つい神様に祈ってしまう。みんな、そんなものだと思う。

ニアといつか、そんな話をした覚えがある。

「……はぁ」

記憶に残っているのが不思議とニアとのことばかりなのが、やるせない。

その行き場のない思いをぶつけるように手を合わせて、深く祈った。

「おー、賽銭箱《さいせんばこ》にお金があるではないか」

ニアが素《す》っ頓狂《とんきょう》な声を出す。祈りを中断して目を開けると、薄汚れた賽銭箱の底で百円玉が光っていた。それ以外には一円たりとも入っていない。誰か、お祈りに来たのかな。

大きいニアが先回りして来ていたことを想像し、いや、それはないと首を緩く振った。

それから、そのお金を回収しようとする意地汚いニアの首根っこを捕まえながら再び祈りを捧《ささ》げる。

どうかわたしが無事に帰れますように。

ニアはどっちでもいいです、と冗談めかして付け足した。

「魚釣《さかなつ》りじゃなかったの？」

集合地点と決めていた船着き場での出会《であ》い頭《がしら》に開口一番、マチの嫌みに苦笑いするしかない。僕の釣果は活《い》きの良い魚ではなく、元気の有り余っている少女だった。僕とマチの顔を見比べて、小さなマチが言う。

「サザエでございます」

淑女《しゅくじょ》を真似るように服の裾《すそ》を摘んであげる。ただし、スカートじゃなくてズボンだ。

「魚じゃねーから、それ」

マチが額を押さえる。過去の自分に幻滅しているようにも見えた。記憶の中ではもう少し美化された自分がいたのかも知れない。僕もマチに対しては、もっとしっかり者だったイメージが残っている。でもそれは僕がマチと疎遠になった故、誤解していたのだろう。

「それとさ、そっちこそ」

後半の言葉は呑みこんで、マチの隣の男子に目をやる。僕がはにかんでいた。

「やっほー、マチ」

「おー、そっちも外の人を捕まえてたかー」

小さな僕とマチが仲の良い兄妹のようにじゃれ合う。きゃっきゃと黄色い声を上げて相手の腕をべちべち叩く、真に理解しがたいコミュニケーションを取っている。

その頭の上で、僕とマチはお互いを見つめ合う。

「なんか、随分と気に入られたみたい」

「同じく」

渋い顔のマチとは合わせ鏡にでもなっているようだ。ここでお互いに笑えればいいのかも知れないけど、僕たちが浮かべるのは困惑だった。マチはしばらく言葉を探すように目を泳がせて、その戸惑いを目もとに浮かべたまま口を開いた。

「変態」

「ちょっと待て」

「小さい子に懐かれてニヤついていると、わたしの世界の法律では犯罪なのよ」

僕の世界でもそうだよ。だが、そんな謂《いわ》れを受ける覚えはない。

「そっちだって昔の……じゃない、男の子をかどわかしているじゃないか」

「わたしの方は微笑ましいけど、あんたの組み合わせは危ないのよ」

「……否定はしないけど」

島の大人に見られたら誤解を招くことだろう。最悪、警察を呼ばれかねない。そうなったら恐らく島では初の犯罪検挙となるだろう。なにしろ普段の警察の仕事は壁の塗り替えとか、道の掃除である。この島は営利誘拐、傷害、その他血の気の多い諸々《もろもろ》の事件がまったく起きていないのだ。作為的《さくいてき》かと疑うほどに、なにもない。某小説の荻島《おぎしま》もビックリである。

「それで、朝ご飯どうするのよ」

生温《なまぬる》い海水の揺れるバケツを一瞥して、マチが話題を変える。

「ああ、そのことなんだけど。ま……この子が、ご飯食べに来ないかって」

小さなマチの頭に手を乗せる。「んにゃ？」とマチが髪を揺らしながら顔を上げた。未来のマチの方は顔が引きつる。予想していない提案だったのだろう。

「食べに、ってわたしの家に……じゃない。その子の家に？」

「うぅん、お祖母ちゃん家」

小さな僕の方が答える。それから、僕が『だったよね』と口パクで言う。マチは目を横にやり、記憶を辿るような素振りを交えた後に小さく頷いた。思い出したらしい。

「……そういえば、そう、だったわね」

「そうらしいんだ」

マチの発言を取り繕う。日曜日は両親が忙しいから、朝と昼は祖母の家で食べる決まりになっていた。そこになぜかマチが現れることも間々《まま》ある。本当になぜだ。今になって不思議だが、とにかくそれに誘われた。魚釣りに失敗した流れでずるずる、ここまで引きずられてきたというわけだ。マチの方はどういった経緯《けいい》か知らないが、僕を連れてきた。

「いいの？　図々《ずうずう》しいって断られそうだわ」

「そんなことないよー。おばあちゃん、いっつもいっぱいご飯作って食べ残っちゃうし」

僕らが遊びに来ることが嬉しかったのかな。当時はそんなこと口にもしなかったけど。

「あんたはともかく、わたしは……」

マチが言い淀む。僕だって、孫とはいえそう思われないからマチと立場は一緒だ。

小さなマチが頭の上の蠅《はえ》でも追うように首を回す。

「なんでにーちゃんがよくて、ねーちゃんはメーか？」

「おばあちゃん、めんくいちゃうよ」

二人が自分なりにフォローしているようだ。僕の顔が否定されただけの気もするが。

どうやらこの二人は僕たちとご飯を食べたいらしい。興味津々《きょうみしんしん》のようだ。新しい玩具を手にしたように、きらきら、目を光らせている。まぁ、気持ちは分か……らなかったらおかしいか。だけど時間の壁は遠く、僕たちの隔たりとなる。

昨日の僕は今日の僕でなく、今日の僕は明日の僕ではない。

時間と世界は地続きのようで、実はまったく繋がっていないのだ。それこそ僕たちの身体がすべて一つの塊《かたまり》のようで、その実、無数の細胞の寄せ集めであるように。その圧倒的な隔たりである時間を何気《なにげ》なく、人は飛び越えている。歩き、眠り、そして目覚めて。

生き物というのは、生まれながらにして有機的なタイムマシンなのだ。

……そんなことを、いつかの松平さんが話していた覚えがある。いつかと言っても、『今』からはまだ少し遠い、未来の話だ。当時の僕もきっとアホだったから、なにも理解できないでいただろう。今は分かったフリができる程度には、世界の生き方を学んだ。

「食べに行こうか。僕も、あのおばあさんと話がしたいんだ」

元気な祖母に会う。それは僕がこの時代で願う、数少ないワガママだ。

それで歴史は変わるだろうか？

世界は変わるだろうか？

だけど僕だって、この時代で時を刻んでいる。命を使っている。

多少なりとも、ここで『生きる』権利はあるだろう。

「えー、にーちゃんはババ好き？」

「おばあちゃん、みぽーじんだよ。狙《ねら》い目《め》だぜ！」

マチの反応を窺う前に、ちっこいの二人が飛び跳ねた。ええい黙れ。自分よ黙れ。両腕にじゃれついてくる二人を引き剥がそうとして、しかし暴れるほどなぜか頑《かたく》なにしがみついてぶら下がってくるアホ二人に苦戦していると、マチがその横を軽やかにすり抜けた。

「遊んでないで、さっさと行くわよ」

「……マチ」

思わず彼女のあだ名を口にしてしまう。直接、口に出して呼んだのはいつ以来だろう。

「誰それ。わたしは鷺谷なんだけど、八神さん」

振り向いたマチは冷ややかにそう答えた後、唇の端を吊《つ》り上げる。

実に男前な風貌《ふうぼう》となってはいるが、それは紛《まぎ》れもなく笑い顔だった。

「乾パンじゃないならなんでもいいわ」

それしか理由がないと強調するように言って、先に進み出す。

「かんぱん？」

「船のデッキのことだよ。つまりあのおねーちゃんは海の人なのだ」

違う。

過去の自分の得意顔に呆れ笑いを浮かべつつも、マチを追いかける。

彼女が前へ進む理由とか、僕がその背中を追う意味とか。

言葉にならないものがたくさんあるのかも知れないけれど、できたのは。

乾パン飽きたから。ただそれだけ。

色々と。

そういうことに、しておこうか。


わたしは愚《おろ》か者《もの》なのでたくさんの失敗をしてきた。

だからこれからも失敗するだろうし、もしかすると進行形で破綻《はたん》へ突き進んでいるかもしれない。それでもわたしは心のおもむくまま、車輪と共に進んでいこうと思う。

なんでか先程から島の中を走り回っているニアの母親に軽々と追い抜かれながら。

車いすの速度を緩めて、ニアに並ぶ。

道すがら、先を行っていたマチが隣に並び、僕に小声で話しかけてきた。

「昔のわたしに変なこと吹き込んでないでしょうね」

「吹き込まなくても変なんだけど……冗談だよ」

視線で頰に穴が空きそうなほど睨まれたので、意見を引っこめる。

「この時代のマチに変化があったらこっちのマチもすぐに変わるのかな」

「……さぁ？　でも変わりたくないから余分なことはしないでね」

分かってる。前を向いたまま答えて、後は黙って歩いた。

「おー？　外の人がひそひそしとる」

「もっと大きくひそひそしんかー」

絡んで服を引っ張ってくる連中は声変わりの前で、僕まで女の子みたいな高い声をあげるせいで耳にいやに残る。けたたましく騒ぐ二人を相手しながら、マチの横顔を覗く。

変わりたくない、か。

僕が仮にマチの立場だったら、事故に遭って歩けなくなるという未来を変えようと試みるだろう。だけどマチは動かない。その機会に恵まれても目の色も変えないで淡々としている。強いというより、硬くて、冷たい。岩ではなく、凍土《とうど》のようだった。

西側の住宅地の方から回りこみ、祖母の家へ四人で向かった。神社とは中央の山を挟んで反対の位置にあるその建物は、庵《いおり》と表現するのが適切だった。仙人か妖怪《ようかい》あたりがのっそり出てきそうだ、と口に出したら怒鳴り返されそうだ。

怒鳴りはしないけど、祖母がのっそりと出てくる。孫の連れてきた僕たちを見て、細い目を丸くした。僕とマチが会釈《えしゃく》すると、ふふんと鼻で笑う。なんか嬉しそうだ。

「早速困ったのかい」

「腹減ったびー」

さすが僕、自分のことだけあって以心伝心だぜ。単に欲望に忠実なだけだが。

「というわけです」

「腹減った？　あんたら、一体どこに寝泊まりしてるんだい。まぁいいや、おいで」

庵に引っこんだ祖母に手招きされる。過去の僕たちが勢いよく走っていき、その後に続いた。板張りの入り口は狭く、車いすが通れそうになかったのでマチを抱えて中へ入った。

と、言うと簡単そうに聞こえるがその前には多少のやり取りがあった。

「他に方法はないの？　あんたが抱えて運ぶ以外に」

マチは当然、ぼくに抱きかかえられることを最初、もの凄く嫌がった。

「祖母にやってもらうと腰が心配だから」

「いや方法。もっと、こう。首に縄をくくりつけて引っ張るとか」

「い、いいのかそれで」

「良くないわよ」

マチが自分の発言に額を押さえる。なにか提案しようとして、でも思いつかない様《さま》がありありと伝わってくる。結局、マチが妥協するまでにそれから数分がかかった。

「……選択肢《せんたくし》がないって、辛い」

僕に世話されることへのマチの感想は、我慢に彩《いろど》られていた。僕は無言を返事として、マチを囲炉裏《いろり》の脇に運んだ。座った後、マチが表情を少し和《やわ》らげて言う。

「あんたのお祖母さん、相変わらずしっかりしてるわね」

「相変わらずって、おかしくないかそれ」

「会うのは久しぶりだもの」

あぁ。島を出て戻ってきてからは祖母に会ってないのか。そうだよな、僕と疎遠なのだから祖母との接点が弱い。多分、祖母がボケていることも知らないのだろう。

僕はそれを話すか迷い、結局、口にできなかった。

「あ、そうだ車いす……」

「よろしく」

話をごまかすように、外へ出た。

放りっぱなしの車いすを片づけてから、庵の全景を見渡す。

懐かしい。空気も匂いも。そして新しい、屋根までの距離が近いことは。時代が遡《さかのぼ》り、僕の背が伸びたことで出会った二つの感慨が生む波紋に翻弄されて、しばらくそのまま突っ立っていた。その間も内面は揺れ動き、波にさらわれているようだった。

「はよはいりー」

小さなマチが母親を真似るような仕草で僕を呼ぶ。苦笑しながらも逆らわず、不思議な余韻《よいん》に浸りながら囲炉裏の部屋に戻った。マチの隣には小さな僕が座りこんで、その端整《たんせい》な横顔に笑顔で見取れている。僕だなぁ、と思わず納得する場面だった。そして逆に、小さなマチは飛びつくように座った後、隣の床を叩く。僕に、こっち来いと命じている。

「外の話を聞かせてもらおーじゃないか。せったいせったい」

せったい、接待か。接待しろと仰る。もう一人のマチの顔色を窺うと、実に面白くなさそうにしている。そっぽまで向いてしまった。そりゃあそうだよな。昔の自分が今の僕を認めているなんて、悪夢でしかない。マチに申し訳なさを覚えながら、少女の隣に座った。

　囲炉裏の部屋を覗いた祖母が、ほぅとかけている老眼鏡をずり上げる。僕と、足を伸ばして座るマチを交互に眺めて、その度に老眼鏡が上下に揺れた。なんかの冗談みたいだ。

「あんたら随分、ここに慣れているように見えるねぇ」

「え……いやそんな。新鮮ですよ、こういうの」

　いい加減にごまかして、愛想笑いで冷や汗をかく。マチが僕の動揺を咎めるように視線をよこした。面目《めんぼく》ない。まさか未来人であると看破《かんぱ》されることはないだろうけど。

「ふぅん、新鮮ね。それよりあんたら、飯を運ぶの手伝っておくれ」

「はーいー」

　まず小さな僕が率先して立ち上がる。次いで僕、その後に小さなマチ。残ったマチは俯き、狸寝入《たぬきねい》りでもするように目を瞑る。祖母はマチの両足を一瞥してから、「よしおいで」と僕たちを手招きした。三人でその後についていく。残されたマチに振り返ろうとしたら「さっさと行け」と見向きもしていないのに釘を刺された。どうして分かったんだろう。

マチには未来を読む能力があるのかもしれない。もしくは、僕が単純すぎる。

台所へ行って、湯気《ゆげ》の立つ朝食を運ぶついでに祖母に頼んでみる。

「すいません、小さい机とかあります？」

「あの子用？」

「はい、代わりになるものでもいいんですけど」

「ちょっと待ってな」

祖母が庵の外の納屋《なや》へ向かったので、朝食を運んだ後に僕も行ってみる。祖母が埃と煤《すす》だらけの納屋の奥から引っ張り出していたのは、僕が昔、家で使っていた学習机だった。

進級したときに新しいやつを買って貰って、古い机はどこに行ったかなんて気にも留めていなかったけど、祖母ちゃん、取っておいたのか。

そんなことだけで涙ぐみそうになる僕は、どうかしている。

学習机は車いすに乗れば丁度良い高さになりそうだったので、表に置いてある車いすを中へ持ってきた。マチがそこに座り、机を用意し、朝食の載った盆を置く。

「……世話になるわね」

「ああ、いえ。どういたしまして」

「誰もありがとうとは言ってないから」

それがマチなりの譲れない一線のようだ。でもこうして会話しているだけで、未来ではあり得ない景色となる。きっと、僕とマチの一歩だけ近づいているのはここにいる間だけだろう。僕らの間にある隔たりを、過去に飛んだことで少しだけ乗り越えたのだ。

「いちゃっきまー」

「いただきますー」

小さなマチは相変わらず舌足らずで、発音がおかしい。今は小学四年生のはずだけど、島の閉鎖的な環境で育っている故かもっと幼く映る。成長が緩慢《かんまん》になったみたいに。

「……ん？」

なんか、小さな僕とマチが僕の一挙手一投足を見逃さないとばかりに凝視している。いただきますと言った割に箸《はし》を持ったまま動かない。観察されているみたいで居心地悪いけど、椀《わん》のすまし汁を啜《すす》った。それを呑みこむのを見計らって、マチが僕の顔を覗いた。

「おいしい？」

なぜか小さいマチが僕に味の感想を尋ねてくる。ここに僕たちを誘ったのはマチだから、色々と気にしているのかな。僕は懐かしい汁物の味に、素直に頷いた。

「うん、美味しいね」

「おー、外の人に褒められたよ」

小さな僕が我がことのように喜び、祖母に笑顔を向ける。祖母は鼻を鳴らし、椀で口もとを隠した。満更《まんざら》でもなさそうだ。目線がほんの少し高くなって、僕の視界は広がった。

当時は気づけなかったことも、今になれば見ることができる。

それは大人になることでどんどんと弱くなっていく人間の、数少ない成長だった。

「おばあさん」

僕は思いきって、祖母に話しかける。空腹を解消しようと、夢中で箸を動かしていたマチと祖母が同時に僕へ目を向けた。祖母の目は小さく、マチの目は鋭い。

「村上だよ。村上清春」

「じゃあ村上さん、畑仕事を手伝わせて貰えませんか」

その提案には祖母でなく、マチの方が大きく反応した。もっとも、大きくと言っても目玉をギョロギョロさせるだけで、他は億劫《おっくう》そうにしているが。祖母が息を吐く。

「外の人はわけが分からんねぇ」

昨日は手伝わせておいてなにを言う。

「いや無料じゃなくて、その……暖かい食事にありつけたらと」

茶碗《ちゃわん》を目線と水平に掲げる。こっちの方が魚釣りよりは無謀《むぼう》ではないだろう。

「今のはいわゆる、毎朝みそしるをつくってくれー？」

小さいマチが口を挟む。しかも意味が分からない。大きいマチの方に質問してみたいところだが、したところで返ってくるものは無視か怒声である。聞かなかったことにした。

祖母も同じ対応をしたようで、話を続ける。

「あんたら、昨日から思っていたんだけど金がないのかい？」

どこでどう見抜かれていたのだろう。祖母の慧眼《けいがん》におののきながらも、どう答えるか考える。金がない旅行者もおかしな話だ。それはむしろ逃亡者である。さぁどうしよう。

「なぬ、外の人はびんぼーなのか」

「えー。たまのこしがー」

小さいマチが冗談めかしてがっくりと肩を落とす。玉の輿《たまのこし》って、結婚まで視野に入れていたのか。マチが、僕を。照れる。相手が小学四年生でも、その前にマチだ。だけどそんな心境を悟られたらマチに殴られるだけでは済まないので、腹に力を入れて堪《こら》える。

無表情を装い、その上で祖母の顔を見る。僕の無言をどう思っているのか、祖母は焼き魚の骨を外している。僕もそれを真似て箸を動かし、それが終わってから答えを出した。

「面目ないことに、金がありません。昨日は発電所に泊まりました」

祖母には嘘を重ねても見抜かれる予感がしたので、白状した。「発電所だって」「なんと」と子供たちが騒ぎ出す。発電所はこの島で唯一、探検に値する未知の場所だからな。驚く気持ちも分かる。

「随分と無計画にやって来たもんだ。無計画でこの島に来られるとは思わないがねえ」

「駆け落ちしてきたんです」

光の矢が眉間を貫いたかと錯覚《さっかく》するような衝撃に襲われた。祖母の疑問に対して即答したのは僕でなく、マチだ。頭の中が真っ白になる。今なんて言った？

「か、か、か！」

「正直に話した方がいいでしょ」

平然と大嘘を宣《のたま》う。ただし問題が一個あり、それはマチがさっきから棒読み過ぎることだ。そして僕が動揺しすぎていることだ。マチは密かな溜息を交えつつ、ご飯をぱくつく。

「かけおちってなに？」

「引っかけた服がすぐに落ちることなのだ」

だから、そっちも得意げに嘘をふるまうな。なぜそんなに知ったかぶる、昔の僕。

「駆け落ちとはえらく古風だね。なるほどなるほど、事情は分かったよ」

そういうことにしておく、と言外に感じさせる物言いだった。

「でも畑の方は別に仕事じゃない。単なる趣味だよ」

「じゃあ趣味の同好の士ということで歓迎する形で」

自分でもよく分からないけど食い下がってみる。すると祖母は、その言い回しが気に入ったのか啜っていた椀の中身を噴《ふ》いた。口もとを服の袖で荒く拭ってから、ニヤリと笑う。

「あんた、よく分かんないことというやつだね」

分かってなかったのか。え、そこを笑われたの。困惑する中、祖母が言う。

「いいとも。なんならここに泊まってもいいくらいさ」

「マジッスか。でもそこまではさすがに……」

「いやちょっと待て。……よし、あんた、私に話しかけてみな」

祖母がいきなり、僕たちに背を向けた。耳の側に手を当てて、聞き取りの姿勢ではある。でも背中を向ける意図が掴めない。僕が黙っていると祖母が催促してきた。

「ほれ早くしな。飯が冷める」

「はぁ。それ、なんですか」

聞くとすぐにその姿勢を止めて、祖母が向き直る。そして箸を踊らせる。

「合格。あんたに畑弄りを手伝って貰おう」

「……今のは？」

「気にしないの」

祖母が澄まし顔で魚をついばむ。謎めいた行動の理由を語る気はないようだった。

それでも、合格と言われた以上は気に召すところがあったのだろう。だったら、なんだか分からんがとにかく良し。これで乾パンと魚釣りからは中途半端にサヨナラだ。

「ほっほぅ、畑仕事ですか」

「ええどすなー、土とたわむれるのは」

なにを気取っているんだ、子供二人は。とりわけマチが発言する度に、苦笑を浮かべてしまう。一体、どういう経路で吹き込まれた知識が彼女の言動を形作っているんだ。

「あんたらは練習だったかい」

祖母が孫たちに話を振る。僕が「うんー」と得意げに顎を引いた。練習？……あぁ。

自転車の練習か。確かにこの時期、僕とマチはそれに取り組んでいた。既に乗れる僕は師匠気取りでマチの練習に付き合い、結果、あっという間に追い抜かれることになる。

「ねーねー、外の人は自転車乗れっか？」

「乗れる、けど」

「じゃあさ、わたしの練習に付き合ってよ」

マチが僕の脇の肉を引っ張ってお願いしてくる。僕はその発言に酷いデジャブを感じて、目眩を催しそうになる。過去と現在が何度も自分の中で入れ替わり、酔いそうだった。

「……歴史は繰り返す、というか」

もう一度、こんなことを頼まれるとは思わなかった。これは悪い夢以外の何物でもない、と思わず天を仰ぎたくなる。しかし仰ぎ見ても、あるのは古びた天井《てんじょう》だけだ。立って手を伸ばせば、その一番高いところに手が届いてしまいそうな。

「なにー。ぼくはオヤクゴメンっつーのか」

過去の僕があぐらをかいていた足をばたつかせて憤《いきどお》る。僕はマチに大体のことで勝てなかったので、なにかを教えられることが嬉しかった。だから、その機会を取り上げられるのは我慢ならないのだろう。他人事じゃないので、心境と焦りは手に取るように分かる。

だけどここで過去の僕に任せると、二週間後にマチと仲違いすることになる。

それが正しい歴史なのだ。……正しいけど、価値のない時間の流れに思えてならない。

「あーほら、あっちの子が教えてくれる、らしいよ」

未来のマチの方も気にかけながら発言する。マチは、自転車の件についてなにを思っているのかな。反応を窺ってみたいけど、少し怖くて目を伏せてしまう。

「だぶるこーちだよ。二人の男を手玉にとるわたし、うんうん」

「なにがうんうん？」

しかも二人の男じゃないし。きみが吸い寄せているのは、同じ男です。

「んー、外の人と一緒かぁ。んー、んー」

小さな僕が考え込むフリをして唸る。マチと二人きりじゃないのが不服そうだ。

「あんた、畑仕事を手伝うって言ったじゃないか」

それは祖母からの助け船のようだった。僕は便乗《びんじょう》して、何度か頷く。

「うん、そうそう。仕事があるからね」

「じゃーそれ終わってからはよいかね、よいよい」

小さなマチが食い下がる。よほど僕を気に入っているみたいだ。マチの頼みを断りづらいのは僕の持って生まれた性《さが》のようなもので、段々息苦しくなってくる。楽になりたい。

でも。

ここで僕が自転車の練習に介入したら、どうなってしまうのだろう。

知りたくもあり、怖くもある時間への問いかけだった。

結局、言い訳を思いつけずに頷いてしまう。

「うん。じゃあ、昼からの練習には……で、いいのかな？」

「なんでわたしに聞くのよ」

マチが僕のお伺《うかが》いを突っぱねた。鶯谷さんは機嫌を損ねているようだ。胃が痛い。

「やた。よしよし、両手に花だす」

「んー、じゃあぼくも外の人に教えてもらおーっと」

花として評価されたのが気に召したのか、僕も機嫌を直す。こいつにも自転車の乗り方を教えるって、教えることないぞ。口を半開きにして乗るなと助言するくらいだ。

溜息が漏れる。息苦しさは変わらない。頷いてしまったことに後悔と、言い知れない躍動感《やくどうかん》を覚えていた。その後の食事はまったく落ち着かず、懐かしいはずの味もどこか上滑《うわすべ》りして喉を通りすぎていった。

食べ終えた後、囲炉裏の部屋から廊下へ出たマチに声をかける。話しかけることへのぎこちなさとわだかまりが少し解消されていることに気づいて、それが声に表れてしまいそうだった。上擦《うわず》りそうなそいつの手綱《たづな》をしっかり握って抑える。

「いや、駆け落ちって」

言及するなとばかりにマチに睨まれた。

「仕方ないじゃない。なんて言い訳する気だったのよ」

分かるが、そこで思いつくのが駆け落ちってどうなんだ。

マチの発想の根本は、子供のときと変わっていないのかも知れない。

「ねぇ」

話題から逃げるように大きく首を反らし、走って離れていこうとする過去の自分を、マチが呼び止めた。小さなマチはくるくると無意味に回転しながら止まり、「んー？」と柔和に首を傾げる。マチはそんな姿を数秒、目を細めて見つめた後に口を開く。言葉はどこも歯切れが悪く、苦々しい。

「乗れなくてもいいんじゃない？　自転車なんて」

「えー、なんで？」

小さなマチは不服そうに不思議がる。一方、僕はマチの言いたいことがすぐに理解できて、目を見張る。マチは僕を無視して、過去の自分を見つめ続けていた。

「この島で暮らすのに、そんなもの必要ないから」

「やーだよー。乗るもんねー、すいすいー」

小さいマチが反発するように駆けて、出て行ってしまう。僕は空気の抜けた風船のように目を宙に泳がせて、それが収まった後、マチを見る。マチは髪を弄り、鼻を鳴らす。

「深い意味はないわ」

そう言い残して、マチも小屋から離れてどこかへ行ってしまった。それを追いかけたところで殴られるだけだと察して、僕は小屋の壁に後頭部を打つ。もたれかかり、手で目を覆った。暗闇の向こうで、僕は別の未来を思い描こうとする。だけど、なにも浮かばない。

マチが自転車に乗れなければ。

マチが今年の自転車レースに参加しなければ。

きっと、僕とマチの世界はひっくり返ってしまう。

ニアたちと一旦《いったん》別れてから、わたしは研究所へ行ってみることにした。松平貴弘がタイムマシンの修理に励んでいるかどうか、確認しておきたかった。してないならせっつく。

この時代に留まることの危うさのようなものに急き立てられて、自然と車輪の回る速度も速まる。上り坂に差しかかると、一度派手に後転して後頭部を地面に叩きつけた思い出が蘇《よみがえ》る。あのときは車いすと一緒に背骨まで折れるかと思う痛みが走った。ああ嫌だ、思い返しただけで首や肩胛骨《けんこうこつ》が疼く。極力、忘れるように努めながら坂を上った。

島の人間とすれ違う度、奇異の視線を向けられる。わたしはこの島の異物であり、それは九年後でもなにも変わらない。この島は外を永遠に排他する気なのだろう。

島の北側の遊歩道を回って研究所の前に到着すると、松平貴弘が車に乗りこんで機械を弄り回しているようだった。車内は暑いのか額には汗が浮かび、けれど口もとには楽しんでいることを伝える笑顔があった。現代でも時折見せる、至福の表情である。

さすが時空バカの科学者だ。その時空バカがわたしに気づいて顔を上げる。

「よぅ。随分と不景気な顔だな」

「あんたこそ。いつも顔色最低ね、ついでに顔も」

慣れた皮肉を交わして、車に目をやる。昨日と外見が変わっている様子はない。松平貴弘はすぐにまた剝き出しの機械に手を伸ばし、なにかを試しているようだ。

「おや、お前の男はどうした」

「ちょっとね」

もう否定するのも面倒だったので適当にあしらった。その後、首尾《しゅび》を聞いてみる。

「なんとかなりそう?」

「昨日も答えたはずだが」

「よく調べたらダメでしたって手のひら返す可能性もあるもの」

「大丈夫だ、大体分かる。ほとんどの発想はこの時代にはできているんだ。ただそれが正しいか証明するのに九年必要とするだけだ。つまり、俺は正しかった」

正しかったやつのタイムマシンが一回使っただけでぶっ壊れるわけない。

「そうだ、一つ聞いてみたかったことがある」

作業を続けながら、松平貴弘がわたしを一瞥する。

「なに？」

「お前らとこの時代に出会った記憶は、未来の俺にあったか？」

虚《きょ》を突かれる質問だった。確かに、言われてみれば。そうなることもあり得るのだ。わたしは現代の松平貴弘を思い返し、その挙動や言動を振り返る度に様々に腹を立てながらも、最後は首を緩く横に振った。否定ではなく、こちらも疑問の意味で。

「分からない。そんな話、出たこともないから」

「ないのなら、これから変わっていくのか？　興味深いな」

ドライバーのように細長い金具を指揮棒みたいに振りながら、松平貴弘が車の天井を見上げる。目は白目を剝きそうなほど極端に上向きで、それを気に留めずぶつぶつと呟く。

「もしくはこの後、なんらかの出来事があって知らないフリをする事情ができたか。まだ過去が変わっていないとするなら、時間の流れというやつには順番が存在することになる。過去の後、未来が起こる。時間は同時じゃない、というわけだ。つまり時間にも現在という『主観』があることになる。一体、誰が時間を観測しているんだろうな。ああ興味深い」

恍惚《こうこつ》とした調子で松平貴弘が語る。早口で全部は聞き取れないけど、主に言いたいことは分かった。現在を決めるもの。それはつまり、神様なんじゃないだろうか。

「そういえば師匠は、時間自体が『生き物』でそいつの通る道を利用しているのが自分の時間旅行の考え方だと話していたことがあったな。案外、主観の正体はそいつかな」

「お師匠様ねぇ。その人もタイムマシン作れたの？」

「知らん。そういえばお前ら、昔の自分に会ったらしいな。時空は崩壊したか？」

松平貴弘が満面の笑顔で結果を尋ねてくる。呆れて物も言えない。

あんた今、生きているでしょうが。

「最近の若いもんはうちの孫より体力がないね」

あいつは頭を使ってないから体力有り余ってるんですよ。そう言いたかったが、疲《ひ》労困憊《ろうこんぱい》の腰を叩くので精一杯だった。キツイ。腰を屈め続けることが非常に辛い。死ぬ。

過去の僕がどうして祖母の畑仕事を手伝わなかったのか、理解した気がした。

木々が風で除けられるように揺れて、それを待ち構えていたような日差しが一気に畑へ降り注ぐ。前髪も焼けるように熱を帯びて、汗が頭皮から滲む。後頭部が濡れたように熱くて、何度も掻いた。軍手越しだと奇妙な感覚で、なにかを拭えている感じがしない。

「ほらほら、飯の分は働くんだよ」

祖母が楽しそうに檄《げき》を飛ばす。その祖母の快活な喋り口を耳にして、そこに現代の姿を思い出すことで不思議と元気が湧いた。きっと、帰ったら祖母と話をできる機会はない。

今だけはせめて、その声に応えたい。そう踏ん張り、歯を食いしばって、転びかけた。

一歩、足を前に出した瞬間なにかにけつまずいて地面に膝を突く。受け身は取ったから大事には至らなかったけど、張り切った途端にこれとは幸先《さいさき》が悪い。出鼻《でばな》を挫かれたとはこのことだ。祖母が少し離れて意地悪い笑い声を上げているけれど、僕も笑うしかない。

立ち上がってから、足もとにある出っ張りを確かめる。それは地面から突き出た大きな石で、先端が鏃《やじり》のように尖っていた。見ようによってはタケノコのようでもある。

「……そういえば」

確か祖母は出っ張っていた石に足を引っかけて骨折したと聞いた。この石のことだろうか。触ってみる。地面に埋まる、いや刺さっていて軽く引っ張ってもビクともしない。押しても当然無駄だ。本格的に摑んで、尖った部分に手のひらを食い込ませて、滑らないように調節してから引っ張り上げてみた。石が肉に突き刺さり、皮がぶつりと切れる。

その痛みに瞼を引きつらせながら、全力で引っ張る。ビクともしなかった石と土の間に亀裂《きれつ》のように隙間が生まれる。ず、ず、ずと内臓でも引っこ抜いているような気味の悪い感触が手のひらを包み、そして、一気に重みが増える。土から離れた石の重さに指の血が止まりそうになった。負担がかかったのか腰も痛い。よたよたとよろめきながら、引っこ抜けた石を畑の外に放る。

それをやり終えてからその場に尻餅《しりもち》を突いて、肩で息をする。内臓が燃えるように熱く、何度も冷たい空気を吸って落ち着かせようと躍起になる。荒らげた息が整うより早く、祖母が近寄ってきて短く拍手してくれた。

「よく抜いてくれたね。そいつが邪魔だったんだよ」

「そう、ですか」

これで、祖母は将来ボケなくなるのだろうか？　でも仮にそれが現実のものとなっても、悪いこととは思えない。過去の不幸を回避するというのは、時間旅行の醍醐味《だいごみ》ではないか。

これぐらいは役得だ。そう思い、心を暗くすることはなかった。

「あーあー、しかし無茶するもんだね。血が出てるじゃないか、やだねぇ」

祖母がしかめ面となって僕の手を取る。軟弱な手の皮が軍手ごと破けて、ぷつぷつと血の玉を浮かび上がらせていた。祖母は「待ってな」と言い残して、庵の方へ引っこむ。

言われた通りにその場で待っていると、祖母が包帯とガーゼ、それに消毒を持って戻ってきた。僕の手を取り、ガーゼで血を拭う。それから手際よく消毒する。土いじりで乾いていた肌には実に染みて、尻で飛び上がりそうになった。

「悪ガキ共がはしゃいですぐ擦り傷を作ってくるからね。もう慣れたもんだよ」

「子供は元気が一番ですよ」

「あんただって、私から見たらガキだ」

ははは、そりゃそうだ。色んな意味で、その通りだ。

新たに流出する血をまた拭いてから、包帯を巻こうとする段になって順調だった祖母の動きが止まる。僕の手のひらを見つめて、目を細めている。頭に巻いた日差しよけの長い手拭いがそよ風に揺れて、祖母の頬をパタパタと打つ。それでも祖母は動かない。

「……どうかしました？」

「ん、なにね。ちょっと前、孫が怪我したときと被って見えてね」

ぶはっ。

「孫の手とそっくりに見えるんで驚いたよ。ほれ、ここの線とか」

生命線を祖母の指がなぞる。くすぐったく、背中に寒気が走った。気分としては、謎の組織の薬で小さくなった名探偵がその素性《すじょう》を疑われるときに似ていた。ちょっと危《あや》うい。

ここを切り抜けるために、一手、こちらから打って出る。

「なにを隠そう、実は僕ってあなたの孫なんですよ」

祖母の時間が停止する。まばたきも忘れて、僕の鼻あたりを中心に凝視してくる。数秒ほど経ってから、祖母が歯茎《はぐき》を見せるほどに激しく笑った。

「ぶぅははははは」

「ふわっははは」

バカ笑いを見せつけ合う。ごまかせたようだった。

包帯を両手に巻いてから、畑仕事に戻る。祖母は休んでいていいと言ったけど、昼飯の分まで働かなくてはいけない。乾パンだとマチになにを言われるか分かったものじゃない。

そのマチはどこへ行ったのか戻ってくる気配がない。昔の僕たちが自転車の練習に励んでいるのでも観賞しているのだろうか。

石が引っこ抜かれてできた穴ぼこを土で埋めてから、首筋の汗を心地《ここち》よく拭う。灯台のある方角を見上げて、思い浮かべた情景に懐かしいものをこみ上げさせる。今頃、マチは僕の自転車ごと転んでいることだろう。

松平貴弘が奇声を上げたので、俯いていた顔を上げる。寝ていたわけではない。

でも一応、口もとに涎が伝っている可能性を考えて拭ってから車に近寄ってみる。

中から松平貴弘の声以外の、音楽が大音量で溢れ出していた。松平貴弘が大口を開けて、ご機嫌に報告してくる。上半身は音楽に合わせて軽快に揺れていた。

「どうだ、音楽が聴《き》けるようになったぞ!」

「で?」

「これか? 俺の好きな歌だ。きっと未来の俺も愛しているんだなぁ」

「で?」

「タイトルは、なんちゃらレインボウだったと思う。映画の主題歌なんだがな」

「で?」

「で、で、で」

リズムに合わせて炭坑節《たんこうぶし》みたいな手つきになる。ダメだ、直接聞かないと埒《らち》があかない。

「いやだから、音楽が聴けてなによ」

「美しい歌声だなぁ」

「……………………………」

「なんだその握り拳《こぶし》は。この音楽を前にして随分と荒《すさ》んでいるじゃないか」

「その素敵なお歌が、タイムマシンのどこに必要なのか説明して」

「CDドライブの方は元々ぶっ壊れていたみたいだな。それを修理してしまうとは、さすがに脳細胞の量が多いだけあるな。この音楽は未来の俺を超えたことへの祝福だな」

その自慢の脳細胞を殴って潰してやろうか。松平貴弘がわたしの憤りを鼻で笑う。

「千里の道も一歩からと言うだろう。学問に王道なしでもいいぞ」

「王道がないなら、一体どんな道を歩いてるのよ、へっぽこ科学者！」

「決まっているだろう、俺の道だ」

なにを格好良いこと言った風に得意顔になっているのだ。ぜんっぜん、上手《うま》くない。音楽を鳴らしっぱなしのまま、松平貴弘が車外に出てくる。よれていた白衣を着直して、日差しに顔をしかめた。不健康な青白い肌が浮き彫りになり、この科学者に期待を寄せていることに微かな疑問を抱いてしまう。松平貴弘が熊のような欠伸《あくび》をこぼして、涙を拭う。

「まぁ、音楽が聴けるようになったのは修理の副産物みたいなものだ。焦らず待て」

「はいはい。睡眠時間を削ってまでがんばってくれてるのね、わぁ嬉しい」

「ん、これは違うぞ。昨日は別のものを弄っていた」

日を避けるように背中を丸めて、顔を俯かせた松平貴弘が言う。

「なにやってたのよ」

「そいつの色を揃えていた」

松平貴弘が車内を指差す。車いすを移動させて覗くと、ルービックキューブ型の時計の色が全面、統一されていた。なるほど、綺麗だ。だからなんだ。

「……で？」

「美しいだろう」

もう、『で？』を重ねる気力も湧かなかった。

松平貴弘が車内に戻って作業を再開する。わたしは自然、車内から流れる女性歌手の歌に注意を払い、聴き入る。

その歌詞の中で、泣けば心が透き通ると言っていた。

本当かどうか試したかったけど、欠伸の一つも出なかった。

昼前にふらりと帰ってきたマチと一緒に、祖母の作った昼飯を取った後すぐ、小さな僕とマチがやってきた。僕は午前中に身体を動かし続けて腹も膨《ふく》れて、ときたことで瞼が重くなっていたけど、眠らせてはくれないようだ。囲炉裏の脇で横になりかけた身体を起こす。

「昼になったぞー、外の人」

真新しい擦り傷だらけの小さなマチが僕の前に滑りこんでくる。派手に転んだらしく、青痣《あおあざ》らしきものまであった。顔に跳ねている土を拭うと、「うやや」と頬に手を当てて悶えた。拾ってきたように傷だらけな真っ白いヘルメットは、顎紐《あごひも》を締めても尚緩い。

「外も今は昼？」

「昼だねぇ」

過去の僕の疑問に答える。本当に、本土のことはなにも知らないのだ。初々《ういうい》しい。

「じてんしゃ、じーってーしゃー」

小さなマチが、未来のマチに一瞥を払いながら騒ぐ。朝方、自転車なんか乗らない方がいいと言われたことを気にしているようだ。マチはその視線に応《こた》えず、無視を決め込む。

「上手く乗れた？」

「カンペキだ！」

堂々と嘘をついてきた。生傷だらけだというのに。背景で、マチが目を手で覆っていた。

「完璧なら教えなくていいね」

「ぎゃー、うそうそー」

あっという間に撤回《てっかい》した。僕の腕にぶら下がるように摑んでくる。で、引っ張る。

「ささ、行きましょうぞ」

「はいはい、ちょっと待ってね準備するから」

することなどなにもないのだが、未来のマチの手前、そそくさと出ていくことはできない。若干不満げな過去の僕と小さなマチが玄関へどたどた走っていく。僕はその音を聞きながら、自分の手を見た。包帯の巻かれた箇所とは別に、指の付け根がマメのように硬くなっている。たったあれだけで、貧弱な肌である。傷口が痒いので掻いたら、皮が剝けた。

「おーぃ、外の人ー。おいでよー」

小さいマチが腕を大きく振って誘ってくる。腰を上げる前に、未来のマチに聞いてみた。

「マ、鶯谷さんはどうする？　行く？」

「聞く前に予想つくでしょ」

「だよね。じゃあ……」

「だからわたしはあんたの予想の反対を行く」

「は？」

マチが僕を追い抜くように廊下《ろうか》へ出る。そして振り返って催促《さいそく》してくる。

「早く運んでよ。……一人じゃ出られないの」

「あ、うん」

マチを抱えて、まずは家の外に運ぶ。玄関脇に座らせてから、車いすを外へ持っていく。そこにマチを座らせてから、その顔を覗きこんだ。マチの表情に特別なものはない。

「あのさ、どうかしたの？」

「この状況でどうかしない方が変じゃないの」

それはそうだけど。マチにしては不可解な行動に眉をひそめると、溜息をつかれた。

「ちょっと、見てみたくなっただけ」

「自転車の練習を？」

「このときのわたしがどんなにバカだったかを」

そこで鼻を鳴らしたマチが、僕の側から逃げるように離れていく。まーだーと足踏みしている過去の自分たちに、「わたしも行くから」と話す。小さなマチは「ぶー」と不服そうだけど、小さな僕は「やっほーい」と諸手《もろて》を挙げて喜ぶ。どちらも露骨《ろこつ》だった。

「ほら、これ持ってきな」

奥からやって来た祖母が筒のようなものを差し出してくる。水筒のようだった。

「あざーっす」

用意してくれた水筒を僕に渡しながら、祖母がキシシと気味悪い笑い声をあげる。

「あんたも大変だねぇ。ガキの子守までするなんて」

「まぁ、こういうのも新鮮ですから」

「よく分からんね」

理解しがたいとばかりに首を振って、祖母が奥に引っこむ。祖母だって十分、僕らの子守を楽しんでいるように思える。今のは老人によく見られる、一種の照れ隠しだろう。

「ほれー、行くぞみなのしゅー」

小さなマチが全力で駆けて先導する。過去の僕の方は自転車に跨ってそれを追った。僕の家に昔からあった大人用の自転車で、座高が限界まで低くしてもまだ高い。地面には爪先しか着かなくて、だから乗れるようになった後も怖かった覚えがある。

「なんであんなにあの言い方が気に入っていたんだろ」

マチが自分の言動に対して首を傾げる。そんなもん、きみにしか分からない。

「学校で流行《はや》ってたから、かも」

「そうだった？」

「同い年の女子の友達とか、みんな言ってたし」

マチが自信なさそうに言う。でも、そんなこと良く覚えているな。言われてみると、あぁそういえばと、うっすら思い出せるけど。そればっかり連呼していた女子がいた気もする。

それがマチだったかもしれない。いや裏袋《うらぶくろ》だったか、それともまた別か。忘れた。

「そういや、松平さんのとこに顔出しておきたいところだけど」

「大丈夫よ、ちゃんと修理してるわ」

「ん？　マチ、松平さんに会ってたの？」

「さぁ。適当に言っただけ」

はぐらかすように言って、北側へ向かう道を進み出す。小さなマチたちの背中を急いで追わなくても、どこで練習しているかはよぅく知っていた。忘れるはずがない。

住宅地側の道を通るとき、船着き場の前を通るとき、数は少ないけれどすれ違う人たちの視線が僕とマチを訝しむ。取り分けマチは島の人間ではないということが明白なので、厳しい目に晒される。この時代のマチは色んな人に可愛《かわい》がられているのに。

灯台側の林に囲まれた広場には、小さなマチの乗る自転車が鍵もかけずに放置されていた。緩いなぁ、と本土との防犯意識の差に微妙な面持ちとなる。交通事故もない世界。そこから飛び出したマチは事故に遭い、そして帰ってきた。この島は楽園なのか、掃《は》き溜《だ》めなのか。

円形に、禿《は》げたように広がる広場には光が差しこまない。ざわざわと、林が揺れる。

ここって夏場は蟬《せみ》の鳴き声がうるさすぎて、どうかなりそうなんだよなぁ。

「これがわたしのマイカーだよ」

どやどや。小さなマチが僕の手を引っ張り、自転車を自慢してくる。見覚えありすぎなそれは既にフレームが傷だらけで、塗装が禿げてしまっている。そこら中で派手にやっているようだ。一方、自転車に乗ってきた小さな僕はマチの前を走り回っていた。

「どうですかこの見事な乗り心地」

運転じゃなくて、自転車の具合を自慢してどうする。今度は僕が目を覆う番だった。僕に自慢されたということが気に入らないのか、マチが眉間にシワを寄せる。しかも、そこから行動に移した。筋肉質な腕を振るい、一瞬で加速させた車いすをメチャクチャな速度で走らせたマチが僕たちの脇を駆け抜ける。車いすは時々、宙に浮くほどだった。

その速さは通りすぎた際、ゴムの焦げる臭いを残すほどだった。地面と雑草をえぐり、タイヤの軌跡《きせき》を深く刻む。減速して、木にぶつかる直前にターンしてくるマチは鼻をツンと高くした澄まし顔だった。今にもフッ、とか笑い出しそう。すっごい、得意げ。

露骨に昔の僕と張り合っている。マチって、やっぱり変なやつだ。

「すげー！」

もっとも反応を見せたのは昔の僕だった。本気で感動したのか、マチに駆け寄る。マチは目を輝かせる僕にハッとなり、自分の行動を後悔するように顔を伏せる。ついでにどうしてか、こっちの僕を恨めしそうに睨んできた。自分でやったのに。

「ねぇ乗せて乗せて。ぼくもやってみたい」

「嫌よ、降りるのめんどい」

スカートを引っ張ってせがむ僕を一蹴《いっしゅう》する。「うぎ」と僕が引っこんだ。

「あー疲れた」

照れ隠しのようにぼやいて、広場と僕から少し距離を取る。僕に向けて顎をやり、『こっち見るな』と命じてくる。いつまでも見ているわけにはいかなくて目を逸らすと、小さなマチが自転車にまたがっていた。僕はそれを横から支《ささ》えて、練習を始める。

「じゃあ、ペダルをこいでみようか」

「うーっす」

言いつけに従って、マチが自転車のペダルを強く踏む。振りかぶって、壊れるのではと心配になるほど激しく踏み込んだペダルと自転車が揺れて、がくんと前へ進む。

「うきゃ」

こぎ始めた瞬間からバランスを崩しそうになる。僕が逆に引っ張ったことで事なきを得て、自転車の姿勢はまた真っ直ぐに戻る。確か昔は、このときに一緒に転んだはずだ。

「ふぉほほ、ふぉおー」

冷や汗でもかいたのか、珍妙な鳴き声をあげてマチが額を拭う。未来のマチも微妙な表情ながら、転ばなかったことに安堵《あんど》しているようだ。記憶の中ではこのとき、痛い思いをしただろうから。

僕は小さなマチに、簡単な助言をしてみる。僕の練習に付き合った父の受け売りだ。

「自転車じゃなくて、もっと前を見た方がいいよ」

「前？」

「うん、籠《かご》よりもっと向こうを真っ直ぐ。そこへ、行ってやるぞという気持ちを持って」

かつての僕は具体的なアドバイスなどできなかったから、名誉《めいよ》挽回《ばんかい》といったところだ。

もっとも、僕が偉そうに口を出すまでもなくマチはこれから二日ぐらい練習すると乗れるようになってしまうんだけど。その上達の早さに、僕はつまらない思いを持ったものだ。

教え甲斐がまったくない。珍しくマチに頼られたのに、これじゃあ面白みがない。

「後はそっちの子が教えてくれるよ」

「あー、逃げた」

面白くなさそうな顔でジッとしていた、昔の僕に出番を譲《ゆず》る。小さな僕は表情が明朗となり、マチに駆け寄る。小さなマチは別段、気分を害した様子もなく僕を受け入れて「行くぞー」と握り拳を掲げた。「おー」従順にその拳を後追いして、小さな僕も腕を突き上げた。

小さいマチもなんだかんだで、未来の僕より今の僕の方が気に入っているのだろう。二人の様子を、マチと反対の場所から見守る。初々しい自転車と僕たちを一歩引いてみていると、録画されていた過去の画面に入りこんでいるみたいだ。

背中を伝う汗が、運動部に所属していた高校時代を思い出させる。島には中学校までしかないので本土の学校へ行っていたのだけど、そこの陸上部がとんでもないところだった。なにしろ顧問が『吐いたゲロは自分で飲め』とか言い出すような男で、夏場は地獄だった。

大して興味もない陸上部に入るのは止めておけと、それぐらいの忠告は僕にしておいていいかもしれない。そうした小さな未来の変更がなにかもたらす可能性もあるけれど。

「……………………」

僕は自転車の練習を黙って見守っているけれど、それが本当に正しいのだろうか。

未来を知っているのに傍観《ぼうかん》して、また、繰り返すのか？

僕とマチを隔てるもの、それは約束。

他愛《たわい》ない気持ちで交わした、些細な賭《か》け。

後のことなんかなにも考えてなくて、ただ、今このときだけを盛り上げようとした僕たちの失敗。背丈よりもずっと大きくて、抱えることも、投げることもできなくて。

自転車の車輪が回った先にあるゴールは、ぼくたちのゴールでもあった。

僕とマチの賭け。

それは負けた方が、相手に秘密にしていることを告白するというものだった。

僕の秘密は、マチが大好きであるということ。

負けた僕はそれをどうしても面と向かって言うことができなくて、約束を破った。

そして、怒ったマチに殴られた。本気の拳で顔面を殴り飛ばされて、目玉がもげるかと思うほどの衝撃を味わった。その痛みに逆ギレした僕は咄嗟にマチを殴り返してしまい、後は酷いものだった。僕らは本気で相手のことを憎悪し、拳を振るい、最後は坂を転がり落ちて全身殴打《おうだ》と鞭打ちを患う羽目となった。自転車レースの優勝賞品も投げつけられて僕の鼻と頬を存分に痛めつけた。

それで、僕とマチの仲はお終いだ。

この自転車の練習は二週間後、そこに至る。僕たちは過去の自分が泣《な》き喚《わめ》く手伝いをしているのだ。悲劇になると分かりながら手を貸す僕たちは、なにか間違っている気がしてならない。

止める手段と時間は今、僕に委ねられている。いくらでも好きにできる。根こそぎ変えてしまうことも不可能じゃない。見続けていた夢が、現実となるのだ。だけど、それを躊躇うのはなぜだろう。歴史が変わるから？　正しい流れじゃないから？　世に氾濫《はんらん》する創作物の刷り込みが、僕の行動を妨げる。知らなければよかった、時間旅行の結末なんて。悲劇と喜劇の在り方なんて。先入観さえなければ、きっと。

僕は目の前の自分が感じている幸せを、躊躇《ちゅうちょ》せず守ろうとするのに。

あの日から、僕はずっと考え続けてきた。

あのとき、もし、マチが負けていたら。

自分の願うような、都合のいい秘密を彼女から聞くことができたんだろうかと。

日差しも弱まった夕暮れの道を行く中、わたしはそっと自分に近寄り、内緒話をする。

「あっちのおにいちゃんがお気に入り？」

「うんー！」

即、頷いてきた。ここらへんは素直で、けど。

「でもあのおにいちゃんより、あっちの子の方が好きでしょ？」

小さなわたしが思わずといった様子に飛び跳ねて、その頭部を顎に当ててきた。じぃんと脳まで痺れが走る、いい一撃を貰ってしまう。くらくらしていると、わたしが叫んだ。

「き、きさまー！　どこでそれを知ったか！」

「見てれば分かるよ」

「むむむ」

わたしが困り果てる。顔は夕日以外のもので染まり、取り分け耳の充血が酷かった。

「ひ、秘密にするかー！」

「する。『わたし』だけの秘密にできるって、約束する」

それだけは誓《ちか》える。雰囲気を感じ取ってか、小さなわたしが口もとを耳に寄せてきた。

掠《かす》れた吐息は緊張のためか乱れて、耳をくすぐる。その耳たぶを軽く噛まれるようなこそばゆさに身を震わせた。そして、小さなわたしはニアたちどころか、わたしにも聞こえるか怪しいほどの小声で、秘密の思いを打ち明ける。

「好き」

「……むむ」

今度はこっちが赤面する番だった。知っていたこととはいえ、自分が告白したとなると他人事ではいられない。落ち着きがないのはお互いさまで、顔を離した小さなわたしも居ても立ってもいられないらしく、飛び跳ねている。

「す、すしでう！」

「舌回ってないわよ」

指摘したら「うきゃー！」と走って逃げた。檻《おり》から脱走した猿《さる》みたいだ。顔が真っ赤なのも、奇声も、逃げ足も。三拍子揃った見事なチビ猿が、夕日の向こうへ溶けていく。

一緒にいたニアたちが目を丸くしている中、わたしは空を見上げた。

目に涙を簡単に滲ませてしまう、感傷の黄昏《たそがれ》が島を覆い尽くしていた。

「そうか」

そうかぁ。

「今日は夜分までお世話になりました」

玄関先で目一杯頭を下げると、祖母が歯を擦るように笑った。

「あんた、丁寧な態度がなんか似合ってないねぇ」

「ぐむ」

見抜かれた。僕がこんな態度を取る相手は島の中にほとんどいない。小学校のときの先生ぐらいだろうか。その先生も卒業してからは滅多に出会わない。

夕方も過ぎて、夜の帳《とばり》が本土より早く下りていた。外灯のない島は真っ黒な風呂敷《ふろしき》にでも包まれたように光を失い、祖母の家の明かりだけが淡く僕たちを映し出していた。

山の麓にある祖母の家には月明かりも届かない。空を覆うように生え尽くす木々が月を遮り、その枝葉を風で大仰《おおぎょう》に揺らしている。月光を背景にした枝葉は鳥の翼《つばさ》か、もしくは生物の肌がうごめいているようだった。その音色は押し寄せる波のようだ。

僕はここで聞けるその音が大好きだった。昼間よりずっと鮮明に耳を打つ、夜の木々の囀《さえず》りに包まれているとあっという間に眠ってしまう。少し湿った冷たい空気と相まって心地よく、長々と聞けないのがいつも残念だった。何年経っても、それは変わらない。

小さな僕とマチは遊び疲れたのか、夕飯を食べてからすぐ寝息を立てている。遊んで、疲れて、寝て。幸せなやつらだ。マチがなぜ自分の家でなく、ここで晩ご飯をご馳走《ちそう》になっているかは不思議だけど、思い返せばいつもそうだった。うーむ、やはり謎だ。

「あー、あれだよ。別に泊まっていってもいいんだよ」

祖母が素っ気なさを装った声色《こわいろ》で親切を振る舞ってくれる。嬉しいけれど。

あまり祖母と一緒にいすぎると、元の時代に帰った後が辛くなりそうだった。

「そこまでは……あの、」

どうしてそんなに親切にしてくれるんですか。そう聞きかけて、舌を嚙みそうになる。この島の人が、本土の人間に親切に接することは希少だ。祖母だって例外ではない。例外は子供のときの僕たちみたいな、警戒《けいかい》より好奇心が先行するやつぐらいだ。だけどそれを聞いて、僕は祖母になにを期待しているんだろう。祖母が僕を孫だと気づいている？　まさかだろ。それにもしそうだとしても、別になにがあるわけでもない。余計な混乱をこの時代と未来にもたらすだけだ。ただ祖母が親切、それでいいじゃないか。

「あの？」

「いや、えぇと。明日も畑仕事、手伝いに来ますから」

「その手で大丈夫かい？」

「ウッス」

肩をいからせて力強く頷くと、祖母はおかしそうに口もとを手で覆った。

挨拶を終えてから祖母と別れて、発電所へ歩き出す。マチは夕飯を取ってからはほとんど無言だった。眠いわけではなく、考え事に耽《ふけ》っているようだった。

祖母の家の明かりが届かなくなると、暗闇の中でマチが言った。

「この時代を満喫しているみたいね」

「皮肉？　だよね」

夜に目が順応していないからなにも見えないけど、横を向いて返事する。

「そんなつもりはないけど。でも、あんた随分と楽しそうじゃない」

言葉は刺々しい。皮肉じゃなくて喧嘩を売られているみたいだった。

「こんな時代に来たのはきっとあんたのせいね」

「僕の？」

「あんたが願ったからこんなところに来たってこと」

僕を責めるように、責任を押しつけてくる。願ったのは事実だろうから、そこに反発はない。代わりに僕は、マチに聞いてみたいことがあった。ここへ来た当初にも同じ質問をしようとして、言えなかったのだけれど。今なら、聞いてもいいんじゃないかと思う。

「マチは、過去と未来のどちらに行きたいと思った？」

「さぁね。本当に行けるなんて信じてなかったもの。だからなんにも考えなかったのよ」

暗闇の中のマチがどんな顔でそう言っているか、僕には分からない。

そして見えないからこそ、僕はこんな話を口にすることができた。

「ねぇ、もしもの話をしていいかな」

「……どうぞ」

神妙《しんみょう》というか、警戒するような言い方に苦笑しながら、僕は息を吸う。

ゆっくり吸って、たくさん吐いて。それでも自分の中に残るものを、掬《すく》い上《あ》げる。

「僕がマチに自転車レースで勝ったら、どうなるのかな」

それは少なくとも僕たちの周囲にだけは確実に、別の未来を生むということだった。

二週間後、僕はマチに負ける。大喧嘩になって、互いに相手を無視する。祖母のもとを訪ねるのは僕だけとなり、毎日のなにかが欠けて、幸せの風船が急速に萎んでいく。

僕はあのとき勝てなかったから、たくさんのものを失った。

だったら、もし、勝ってしまえば。

「あり得ないわ」

そう言いきりながら、マチが僕より一歩、前へ出る。

いつもみたいに僕の先を行って、そして。

「だって、あんたがわたしに勝てるはずないもの」

「……………………………」

マチの断言を受けて、僕は額に手をやる。前髪を押さえつけて、口だけが笑った。

なにをやっても僕より上手で。

いつだって僕より前を走って。

どんなときも、きみが好きで。

だからきみにはきっと、永遠に勝てない。

「……だよね」

最後の喧嘩も、僕の負けだったのだから。

四章　『彼女も昨日は恋してた』

過去にやってきて、一週間が経過した。一週間！　信じがたい。

起きて寝てを七度繰り返し、わたしとニアは未来に近づいている。適切に言い表せないけど、気持ちの悪い感覚だ。しんどくもある。二百ページまで読み進めた本を、もう一度、三十ページぐらいから書き取りさせられているようだった。学習でも、娯楽でもない。両方が混じろうとして結果、どちらも手放したようになって。残るのは、苦痛だった。

義務のように、あの時間を再び過ごしている。

小さなわたしとニアは相変わらず人につきまとってくる上に、うるさい。大きいニアの方はわたしに遠慮があって、けれど現代よりもほんの少し距離が縮まって。それが良いのか悪いのか答えを出す前に、わたしは元の時代へ帰ることになるだろう。多分。

松平貴弘が本当に有能であるなら、という条件つきで。

「おいお前、さては俺のこと忘れていたな。寂しいぞ」

この一週間において、僕らの体調に変化はない。僕とマチは滞りなく、あり得ない時間の中で生きている。乗り心地の酷いタイムマシンだからエコノミー症候群ぐらいにはなるのかなと覚悟していたけど、飛行機より害がないようだった。

過去での生活は朝早く、祖母の畑仕事を手伝うところから始まる。その後は朝食を恵んで貰い、午前中はまた畑仕事に精を出す。それが終わった後は、疲れ果てて横になる。

すぐに寝入ってしまい、起きた後はぼけーっとしていれば夕方になって晩飯。で、発電所に帰って一日が終わる。つまり日中はほとんど、祖母の家に入り浸っていた。大学に行くこともない、というか許されないし。他にやることもなかった。マチと僕の自転車練習は始めてから二日目で、ちゃんと歴史をなぞってマチが自転車に乗れるようになってしまったので、自然に付き合うことはなくなった。僕はそれを止めることもなく、だけど止めなければ惨事に繋がることを知りながら、中途半端に関わるだけだった。

マチは僕に付き合って畑をぼんやり眺めていることもあるけれど、一人で散歩に出かけることが多い。この狭い島でなにを見に出かけているかは定かじゃないけど、大抵、昼前には帰ってきて一緒に祖母の作った昼食を取る。その後はマチも寝ていることが多かった。

せっかく過去へやってきて、やることがこれだけ？　と思うときもある。だけど、他になにもないのが事実だった。過去を変えようと必死になるわけでもなく、未来へ帰る方法も人任せ。やるべきことなどなにもなく、僕たちがこの時代へ来た意味はなんだ？　と問われても口を噤むしかない。だけど、僕は祖母と話ができるだけでも十分だった。

それに、マチとの距離感も少しだけ縮まったように思える。それ以上、望むことはない。

そんな中で空いた時間に松平さんのもとを訪ねてみると開口一番、寂しいとか言い出した。そして前半の内容は図星で、僕は畑仕事にかまけてすっかり、タイムマシンのことを後回しにしていた。研究所跡に顔も出していない。瓦礫《がれき》の山は今日も健在だった。

「こいつを忘れるほど楽しいようだな」

松平さんが軽トラの車体を叩く。軽トラは塗装が以前より禿げているだけで、中を覗いても劇的な変化はない。ただ車内が掃除されて、散乱していたゴミが取り除かれていた。

掃除なんて、松平さんにしては珍しいな。

「修理は順調？」

松平さんの言葉を意図的に無視して尋ねると、すぐに返事が来た。

「お前にとっては順調に見えるだろうが、俺にとってはごく普通だな」

「答えになってない」

「概《おおむ》ね直った。後は燃料をぶっ込んで、部品交換すればお終いだ」

「おぉっ」

「ま、その交換が面倒なんだけどな。内部の装置を不用意に分解したら最悪、元に戻せないことだってあり得る。そうなると装置開発まで九年は待たないとなぁ」

「おぉ……」

人力タイムマシンすぎる。九年待つのに九年かかる。それは科学じゃなくて人生だ。

「ま、大丈夫だろ。俺のやることだからな」

「あなたのやることでここに来たんだけど」

凄いのは認めるが、後先の考慮がまったくない。時間旅行を提唱しながら、どうしてそこまで刹那的《せつなてき》なんだ。今がよければそれでよしなこの人が、時間の研究。皮肉だ。

「だから反省して車内を掃除してやっただろう」

「はぁ」

そんなことで胸を張られても困る。そもそも汚したのは松平さんだし。

「いやいや、掃除したのはあたしだよ」

「うわっ」

軽トラの荷台からいきなり人影が跳ね上がった。今まで寝転んでいたらしく、まったく気づいていなかった。起き上がった女の子は前田さんだ。制服を着て、日焼け跡が所々《ところどころ》に見えている。髪を指で梳《す》いてから、僕に向けて手を上げた。

「やっほー、外の人。ところでなんの話してたの？　センセの発明品？」

あ、聞かれてたのか。こいつはマズイ。僕が冷や汗を掻く中で、松平さんは平然としている。ここに前田さんがいることも、恐らくは知っていただろうに。

「その通り。こいつはその成功例だ」

「数少ない？」

「失敬な。失敗したもの以外は成功しているぞ」

だから、そこで胸を張られても困るだけだ。大体、成功例って今回だけじゃないか。

前田さんが荷台から飛び降りる。無防備に飛んだからスカートがひるがえって下着が見えた。でもこの人、九年後は水着姿で島内をうろつき回っているから新鮮味がない。

それより先立つのは、本来は年上の人が年下であるという違和感だけだった。

「あなたが来ると思ってここで待っていたんだけど、一週間もかかったね」

「僕を？」

「うん。島の人にはない格好良さがあるからね」

ジロジロと不躾に眺め回される。不愉快ではあるけど、しかし格好良いと言われた手前、無下にすることもできない。「そりゃあどうも」と据わり悪く頭を下げる。

「あなたって大学生？」

「そう」

「ふぅん。大学ってさ、あなたみたいな人がいっぱいいるんでしょ？」

いるかな。僕みたいなの、というものがなにを指すかいまいち分からなくて返答に悩む。後ろでは松平さんが「おーいるいる。パッとしないのが」とか無責任に答えている。

「どうどう？」

催促されたので僕がつられて顎を引くと、直後、前田さんの目が輝く。口もとも舌なめずりでもするように緩い。だらしない笑い方は未来の前田さんにも、そして松平さんが実験しているときにもそっくりだった。なるほど、間違いなく親戚だ。

「なににやけてるの？」

「本土にはこういう格好いい人がいっぱいいるんだと思って。来年からが楽しみだよ、きゃっほーい」

願望丸出しで、前田さんが諸手を挙げる。その希望溢れる姿勢のまま走り出して、どこかへ行ってしまった。まさかそれを確認するために、僕を待っていたのか。……まったく。

あの人も、何年経っても変わらないな。来年から高校生だったはず。

でも本当にそれを聞くためだけに、ここにいたのかな。手になにか持っていたようだけど、注目していなかったせいで見過ごしてしまった。制服だし、鞄かもしれない。

「ふふふ、聞いたぞー」

「おや」

もう一人、軽トラの荷台から起き上がってきた。小さい方のマチだった。前田さんを真似るように跳ね起きたマチが無駄に勢いよく荷台から飛び降りた。「あわわわ」

その着地の衝撃で足が痺れたらしく、かくんと膝が崩れる。地面に座りこんで立てなかった。

「無鉄砲だなぁ」

手を貸そうと伸ばしたら、その小さな手にしがみつかれた。引っ張り上げるにしてはさすがに少々重い。それでも畑の岩を引っこ抜く要領で立ち上がらせた。マチが頭を下げる。

「あんがとさん」

「どういたしまして。それで、なにしてたの？」

「盗み聞き！」

頬にくっきりと赤い跡がついているので、昼寝でもしていたのだろう。

「こいつは秘密兵器か？　ケートラって、すんごいのか？」

マチが荷台を叩く。軽トラの発音がおかしい。ケェ↑トラ↓になっている。漢字にすると景虎《けいとら》といったところだ。昔の武将さんみたいである。しかも、かなり誤解している。

秘密の兵器って、誰と戦うんだ？

「ああ凄いとも。どれぐらい凄いかというと、野茂《のも》のフォークぐらい凄い」

また微妙に分かりづらい比較対象を選んでくる。ていうか、野茂のフォークってタイムマシン級だったのか。野茂すげぇ。松平さんの言葉に一瞬、マチが目をくりくりと丸くする。首も傾げようとして、けれど僕の視線を察してか、したり顔で頷く。

「そうかぁ、ノモかぁ。そいつぁすげぇのぅ」

「知ったかぶってない？」

「はっはっは」

笑ってごまかしてきた。野球に興味もないのだから、知るはずがない。

追及されることを避けるように、マチが駆け出す。すぐ側の茂みに飛びこんで、自分の自転車を引っ張り出してきた。そんなところに隠してあったのか、お気に入りだから。

見つけたものを埋めたがる犬のようである。

自転車に乗れるようになってからは毎日、学校の行き帰りもマチは自転車を利用していた。自転車通学なんて島の子供ではマチだけだ。だって、歩いても大差ないから。坂道では自転車の方が危険だから、むしろ乗るなと親に教えられるくらいだ。

自転車を押して、マチが僕の前に戻ってきた。

「にーちゃん、暇？」

「ん、まぁ」

祖母の家に戻って昼寝でもしようかと思っていたぐらいだ。マチが僕の手を引く。

「じゃあおいでよ。いいとこ連れてってやるぜ」

「いいとこ？」

それはともかく誰の真似をしているんだ、その危ない誘い文句は。僕としてはマチの教育上、そちらの方が気になる。現代のマチからすれば『大きなお世話』だろうけど、しかしこの小さなマチを放っておくのは心情的に難しい。まるで、父親の気分だ。

「ようーし、行くぞー」

勝手に同意を得たものとして自転車を走らせようとする。その走り出す方角が北を向いていたから、いいとこの正体はおおよそ摑めた。でも踏ん張って、立ち止まる。

「むっむ。なんじゃい」

「ちょっと挨拶してから行くよ。先に行ってればすぐ追いつくから」

松平さんを親指で指しながら言う。マチはむーっと唇を尖らせたけれど、すぐに機嫌を直して「じゃ、はよこいよー」と地面を蹴る。加速して、自転車のペダルを踏んだ。

本当に楽しそうに乗っているよなぁ、あいつ。

マチは自転車レースに参加した後も、自転車に乗り続けていた。本土へ引っ越すときも自転車は持っていったはずだ。

帰ってきたときは車いすで、また違う車輪を回していたけれど。

そんな感傷はさておき、マチの後を追わないといけない。松平さんに振り向く。

「じゃあそのー、引き続きよろしくっ」

「おう。……なんだな、お前」

珍しく言い淀むように、松平さんが口ごもる。この人にこんな態度を取られると、不安だ。ひょっとして修理ができないとか言い出すのではと身構えていると、松平さんがなにかを振り飛ばすように、頭を横に振った。

「いや、いい。もし聞きたかったら、九年後の俺に尋ねてみろ」

「思わせぶりだね。これも実験かい？」

「まぁな。これからお前と色々実験していくんだろ？　それの始まりと思え」

始まりの実験、か。良い響きだ。気に入ったので、請《う》け負《お》うことにした。

帰ったら早速、聞いてみることにしよう。きっとろくでもないことだ。

松平さんと別れて小さなマチの後を追う。マチはのんびりと進んでいるので、すぐに追いつく。

「どこへ連れていってくれるのかな」

自転車で先導するマチが振り返り、にこやかに行き先を告げる。

「島で一番高いところに案内してあげる」

「……ああ、やっぱり」

心当たりは一カ所しかない。好きだねぇ、高いところ。


一人で島を出歩くとどうにも、小さなニアと遭遇する率が高いのは気のせいだろうか。わたしを見かけたらすぐに嬉々《きき》として駆け寄ってくるのがその原因かもしれない。

奇縁や偶然に思える出来事も、裏返せば作為によって成立しているなんて、よくあることだ。人の意志が偶然を作る。それがバレなければ偶然、公《おおやけ》になれば、必然。

ただその偶然であっても、南の岬の近くで出会うのは珍しい。

「朝からきみとであえるなんて幸先いいぜー、ひゅー」

唇をすぼめて口笛を吹こうとして失敗しているニアのひょっとこ面に、力なく笑う。

「もう昼なんだけど」

「あ、そっか。こいつは使い所が大事だね」

わたしはこのアホのどこを好きになったんだろう。あ、わたしもアホだったのか。

昨日はわたしもアホだった。だけど明日は違う。さぁ違え。

「あんた、こんなとこでなにしてるの」

島民もあまり足を運ばない場所にいる小さなニアを訝しむ。ニアは顎に手を当てて、横目を細める。探偵を気取っているような仕草だった。

「アイボーを探してるんだけど見つかんなくて」

相棒って、ひょっとして昔のわたしのこと？　勝手に相方《あいかた》扱いされては困る。でも当時、いつも一緒に行動しているようなイメージはあった。実際に暮らしを見てみると、意外に離れている時間もある。今だってそうだ。記憶は印象によって、大きく左右される。

「島を回ってるんだけど、これがなかなかねぇ」

「……そうなの」

わたしの居場所。わたしが考えても思い当たる場所は少ない。

「灯台は行ったの？」

「うん。行ったけどいなかった……およよ。灯台のこと話したっけ？」

あ。

「うん。三日前に」

適当に嘘をついた。どうせニアのことだから数日前のことなんか覚えていないはず。ほら、そっかーって納得する顔になった。はにかんで、無垢な笑顔を向けてくる。むぐ。その笑顔がまた、なかなかにわたしの呼吸を乱す。今のニアにない可愛らしさがあって、それは当時のわたしでは気づけなかったもので。どうにも照れてしまう。

「じゃあ、相棒探しをがんばってね」

「うん」

そそくさと別れた。はずだった。なのにわたしが進むと、なぜかその後をとことこついてくる。振り返るって目が合うと、にへーっと微笑む。わたしは引きつった笑いを浮かべて、また前を向く。やりづらい。悪意が欠片もなくて、もう、対処の方法がない。

仕方なくわたしは、ニアと一緒に島を巡る。わたし自身には目的がないし、自分なんて探したくないけれどニアの方はキョロキョロ、あたりを常に見回していた。小学校の前を通るときも、カルスト地帯の広がる海面も。いや、海面に浮かんでいたら他に問題があるでしょう、遊泳用の場所でもないのに。でもそんな記憶はわたしにないし、大丈夫なはず。

海岸を越えて進むと、次に見えてくるのは発電所。それと松平科学サービス。研究所の前には例の車があって、松平貴弘もいた。「るーらー」とご機嫌で、今にも宇宙の風に乗るとか歌い出しそうだった。科学バカの背中は岩盤《がんばん》のようにごつごつしているのが白衣越しにも分かる。そいつが気配を察知したように振り向いた。

「よう。今度はちっこいガキとデカイ女の取り合わせか」

その軽口には慣れたものだけど、気になる部分があった。

「今度？　あいつがいたの？」

「ぼくのアイボーがいたというのかねー」

便乗してニアも調子に乗る。だから、誰が相棒だ。

「どっちもさっきまでここにいたぞ。ガキの方に引っ張られて行ってしまったが」

ガキの方、わたしか。またわたしがニアを連れ回しているみたいだ。……はぁ。あいつはなんで、大きい方のニアまでお気に入りになっちゃうかな。ニアも満更《まんざら》じゃないみたいだし、否定したらただの痛い人みたいで、心中複雑。

「なんだあいつはー。けしからんなー」

相棒が別の男と遊んでいることに憤っているようだ。今日もわたしは『ニア』と遊んでいるのだから、別にいいじゃん。そう言ってやりたくもなるけど、自重《じちょう》した。

「一見すると犯罪っぽい図柄だよなぁ、あの取り合わせ」

松平貴弘がしみじみと言う。しみじみする必要などどこにもない。

「ついでにお前たちからも仄かな危険を感じるぞ。こう、お前がこの子に悪戯してだな」

「うるさいヤブ。口より手を動かしなさいって先生に言われなかった？」

「俺の師匠は両方動かせる立派な方だったよ」

あーそう。あんたの師匠なんかまったく興味……いや、もし松平貴弘がダメだったら、その師匠に修理を依頼するという手もある。むしろそれしかなくなる。覚えておこう。

そんなことを考えていると、くいくいと肘を引っ張られた。この場にいるのは後、小さなニアだけなので必然、絞られる。ニアはわたしをニコニコと見上げていた。な、なによ。

「ねぇ、遊ぶ？」

「は？　あんたと？」

「そうそう。いっしょにくるーじんぐとかどうかね」

遊んでくれとその目が訴えていた。やっていることが、昔のわたしと一緒じゃないか。

しかも相棒が他のやつと遊んでいるからその代わりに思える。代わりっつーか、ねえ。

大体、クルージングってなんだよ。

額を押さえて、悩む。断り文句が見つからない。忙しいと言っても、ついてきそうだし。

「……仕方ないから遊んだげる」

ちょっと相手をすれば満足するだろう。そう軽く考えて安請け合いすると、ニアがいきなり足の上に飛び乗ってきた。尻から乗って、わたしの足の上に座りこんでしまう。

「ちょっと、ちょ、ちょっとっと」

足に感覚はないけど、感情の方はちゃんとある。ニアを膝の上とか、その、なに？

このむず痒さはなに？　こそばゆさはなに？　アレルギー？　じんましん？

「うーむ。乗り心地はよしですな」

良くない。なんにも、よろしくない。この小さな背中を突き飛ばしてやろうかとも思う。でもその小ささが、わたしから攻撃的な意欲を奪うのだ。小さいニアには罪がない。いやもう少ししたら罪のようなものは背負うけれど、今はまだ、ただのニアだ。そうなってくると、突っぱねることができなくなる。わたしは根本的に……あー！

それ以上は、恥ずかしくて、想像するのも嫌だ！

もう立ち止まってはいられない。居ても立ってもというやつだ。このまま動く。

「……少しだけだからね、ほんと」

ニアを膝の上に載せたまま、目的地もなく前へ進む。

こんなところをニアに見られたら、どう言い訳しよう。不本意だと、どう伝えよう。

「うぃーん」

うぃーんじゃねぇっての。


案内された灯台の最上階に座りこんだ僕は島近辺の海を一望しながら、しかし落ち着かない。膝の上に座りこんでいる小さなマチの髪がシャツ越しに僕の胸をくすぐるのが、その原因だ。マチが頭を揺らす度に僕は身体を反らし、肩胛骨を堅牢《けんろう》な壁でごりごり削る。

「うひひ」

膝を立てて座るマチが、僕の顔を間近で見上げて屈託なく笑う。頬はほのかに赤い。大きい方のマチにこれを目撃されたら、轢き殺されそうだ。幸い、と言ってはいけないけどマチはまず灯台の頂上まで上がってこないから、その可能性は低そうだ。

「今頃、鳩ぽっぽがご対面」

「ん?」

マチが急におかしな話をし出す。表情を窺うと、くひひと笑いを抑えきれていない。

「なにがおかしいの?」

「ふふふ、今日はやつの部屋の鳩時計にアーティスト魂をきざんできたのだよ」

「鳩時計……ほぅ」

僕の部屋にあるやつだ。鳩時計の落書きはこのとき、マチが書いたのか。当時からの謎だったけれど犯人が簡単に自白してくれた。大きい方のマチに会ったら言ってやろう。

くひくひと気味悪く笑っているマチの頭を撫でながら、また海に目をやる。十一時に発つ定期船も水平線の向こうへ消えて、広がる海原に揺れるものはない。大きな水《み》溜《た》まりのように海は波を荒らげず、平穏《へいおん》を維持している。島そのものを安定させているようだった。

薄い霧でもかかっているように、本土の島は惚けてしまっている。

この海のどこかで、母さんは今日も潜って獲物を探している。一度、見に行ってみたけど九年後とさして変化がなかった。今が老け顔なのか、九年後が年の割に若々しいのかは想像に任せる。父親の方は小学校勤務とあって、なかなか顔が拝めない。

「ねーねー、あのおねーちゃんとはただならぬ仲なの？」

「ただならぬ……うーん、まぁ」

なにもないわけではないからな。曖昧に肯定すると、マチが目を細める。

「ただれてるか？」

「それはないなぁ」

「そっかー。でろでろしてないか」

よかったねぇと肩を叩かれる。明らかに意味を誤解しているけど、まぁいいか。九年も経てばその誤解に気づくだろう。今度、その話を振ってみてもいいかもしれない。きっと殴られるだろうけど。

「にーちゃんはずっと島にいる？」

マチが期待と不安の両方を込めた目で尋ねてくる。きみこそ、島にいるのかね。

「ずっと、は無理かなぁ。しばらくはいるけどね」

少なくとも後、一週間は滞在することになる。その後は、帰らないといけない。

この居心地のいい時代から、大半のものを失った現代へ。

僕がいなければいけない世界に。それは考えると、牢獄《ろうごく》のようでもあった。

「しばらくかー。んー、しばらく」

「一週間ぐらいかな」

「えー。しばらくしてない。一週間はしばらくできてないよー」

独特の言語感覚で批難してくる。マチに別れを惜しまれるときがくるとは。衝撃で喉が詰まる。いや、来るんじゃなくて僕から擦り寄ったんだな。でも詰まる。遠慮なく、ぐい。

「…………………………」

灯台にいるのは僕とマチだけで、そこに流れる時間は海中のように冷たい。吹《ふ》き荒《すさ》ぶ風が煽るように屋上を駆け抜け、心胆《しんたん》までも寒々しくする。

だけどその冷たさには、爽やかさもある。肌に纏っていた靄のような不確かなものを根こそぎ吸い取り、海の向こうへと運んでいってくれる。その風の中、僕とマチはいる。

誤解を招きそうだけど、幸せなんかも感じてしまう。

だからこの子と喧嘩なんか、絶対にしたくない。もう二度と、だ。

既に時の流れを変えることはできないけれど。

マチが自転車の乗り方を覚えてしまった以上、僕が正攻法で勝つことはできない。それは既に証明済みだ。それなら賭け自体を無効にする方向で考えるしかない。マチの足を折る。勿論、僕には出来ない。マチの自転車をぶっ壊す。マチが大切にしているものを壊せるはずがない。お手上げだ。それにそうした事故で賭けを無効にしても、僕は勝ったなんて思わないだろう。そして自転車レースでなくてもいずれ、他のなにかで同じような賭けを行い、僕はマチに負けるのだ。マチに勝てることなど僕にはない。

かように歴史を変えるというのは難しいものである。バック・トゥ・ザ・フューチャーの主人公が苦労していたのも分かる。あのときはその苦労を笑っていたけど、今は肩を叩いて共感を示したいぐらいだ。

「じゃあじゃあにーちゃんは、自転車レース出る？」

自転車のことを考えていると丁度、マチがそれに関連した質問を振ってきた。参加はするけど、それはこの僕じゃない。それを伝える方法はないので、ただ否定した。

「僕は島の人じゃないから、出られないんじゃないかなぁ」

「えー。そんなことないぴー」

「ぴーって……それに自転車持ってないし」

「おぉ、それではだめだ」

あっさり引いた。スイッチの切り替えが独特で、昔からよく翻弄されていた。僕からすればどうでもいいことにこだわって、僕からすればとても大事なことに、興味がなくて。

価値観がそぐわないってことは僕たちの相性は案外悪いのか。

まぁ、喧嘩別れするぐらいだからいいはずないよな。

「わたしね、今年初めてレースに出るよ」

僕がなぜか自転車レースのことを知っているという点には一切触れず、小さなマチが嬉しそうに報告する。マチの柔らかな髪を撫でつけながら、「そうなんだ」と空とぼける。

「ま、ぶっちぎり保証をしておきましょう」

「……そうなるね」

三年連続の優勝を狙う、大人の主催者さえ追い抜いてゴールするマチの背中を、僕は遠く離れた場所で見るしかなかった。来週に、小さな僕があの悔しさを体験することなる。

「ね、なんで自転車に乗ろうと思ったの？」

「速いから」

そう答えるマチの目に曇りはなく、その瞳《ひとみ》の真ん中に僕を捉える。

「走っても自転車に勝てないなら、わたしも自転車に乗るの。そんで勝っちゃう」

おっすおっすと握り拳を突き出す。……真っ直ぐなんだなぁ、とにかく。

直線で目標へ近づく。ねじ曲がった道を歩き続ける僕たちと、大違いだ。

この頃のマチは単純で、だからこその魅力に溢れている。僕自身も、猥雑なものは一切抱えずに放り捨てて、手ぶらで島を歩き回っていた。それでいいのか、と苦笑いが浮かぶ。

かつて足を折った祖母の見舞いに行ったとき、言われたことを思い出す。

難しいことを考えているうちは、簡単なことができなくなる。

簡単なことのできないやつは、難しいことができない。

「……祖母ちゃんは賢いなぁ」

僕らはもっと、シンプルに生きるべきなのかもしれない。

謝ることも、やり直すことも。もっと簡単に、始められたはずなのだから。

「もっともっとー」

「はいよぉ！」

小さなニアに出して出してとせがまれたので、高速で走り回る。ニアの分の体重が加わって、車いすとわたしの両方が悲鳴を上げる。死ぬ。酸欠と乳酸とわたしと。辛すぎる。

ニアのせいで重心がずれているから、車いすの姿勢を維持するのもキツイ。

ついでに船着き場の前だから大人連中の視線も痛い。

もう、この時間のいいところはなに一つとしてない。なにやってんだ、わたし。

「ぐわぁらかきぃぃぃん！」

もう好きにしてー。

「すいにひて……」

「ん……寝言か」

背負っている小さなマチがむにゃむにゃと口を動かしたけれど、聞き取れなかった。昼すぎに灯台を降りて、今度は僕が自転車に乗っている。マチを背負って、だ。

あのまま膝の上にずっと座らせていたら、寝てしまったのだ。肩を揺すってもぐずるだけで一向に起きないので、仕方なく背負って帰ることにした。僕の上着を紐代わりに使ってマチを背中に固定し、その状態で自転車をこぐ。何十キロの物体を背負いながら自転車を運転するのは初めてだったけど、思いの外辛かった。特に連日の畑仕事で痛めた腰が悲鳴を上げる。亀の甲羅《こうら》を背負って修行するのがどれだけ苦難なのか理解した。

マチの家に送り届けたら母親に不審がられるので、祖母の家へ向かった。あそこに寝転がしておけば問題ないだろう。誘拐犯と間違われないように、人の往来がある船着き場とは正反対の南側の道を通る。幸いにも誰ともすれ違わずに祖母の家へ着くことができた。

祖母は家の中で一人、ラジオを聴いていた。ラジオ局など島にあるはずもなく、余所の地域から電波を盗んで受信しているようなものなので番組中には別の県名がもり出る。番組名自体、島と縁のない県名が入っていた。祖母はいつも、それを視聴している。

僕が入ってくると、祖母はラジオを鳴らしたまま振り向く。

「あんた、ベビーシッターもやるのかい？」

「やむを得ず」

マチの頬をつつく。いやいやと首を振るけど瞼は開かない。この寝顔で察したらしく、祖母が「やれやれ」と呆れる風を装いながらも立ち上がった。部屋の隅に畳んである布団《ふとん》を広げて用意する。そこにマチを寝かせてから、僕は上着を羽織《はお》った。

「んー……」

幸せそうな寝顔を浮かべるマチが寝返りを打って、僕のズボンの裾《すそ》を掴む。寝ているのは確かなので、無意識の行動なのだろう。しかし、それを振り払うことはできない。しばらく待っても離してくれそうにないので、仕方なく布団の横に座りこんだ。

祖母もラジオの前にまた陣取りながら、僕をからかってくる。

「随分と好かれてるじゃないか。どう騙したんだい」

「人聞きが悪い。いや、僕が本土の人間だから珍しがってるんですよ」

「ふん」

祖母が鼻を鳴らす。それがどんな感情の発露《はつろ》なのか、いまいち掴みきれない。

僕と祖母は頬杖を突きながら、ラジオに耳を傾ける。リスナーの葉書《はがき》を軽快に、不快感なく読み上げるＤＪの声が懐かしい。このラジオを、祖母の隣に座って僕も聴いていた。

「平和だねぇ」

「ですねぇ」

「あんたはこの島になにしに来たんだい」

いきなりな質問だった。頬杖から顔を上げて、目もとを指で押す。ぐりぐり指圧しながら、その質問の答えを探した。だけどそれはここに来てからずっと悩んで、でも未《いま》だに思いつかない難問だ。僕には一生、答えが出せないのかも知れない。

「分かんないです」

正直に答えると、祖母は「そうかい」とだけ言った。祖母の返事としては、なかなかの頻度を誇る『そうかい』が聞けて、僕は少し嬉しくなってしまった。

ジッと座っていると眠くなる。すっかり習慣になった昼寝のせいだろう。僕の微睡《まどろみ》を察したのか、祖母がさっさと寝ろとばかりに声をかけてくる。

「あんたもそこで寝ればいいじゃないか」

「ううむぅ、えぇ、うんですね」

いいのかなぁと思いつつ睡魔に抗えなくて、小さなマチの布団に潜りこんだ。瞼があっという間に下りて寝顔を楽しむ余裕もない。枕に半分だけ頭を載せて、意識が遠《とお》退《の》く。

スッと、数センチほど自分の沈む感覚と共に僕は高いびきをかき始めた。

遊んで、寝て。気ままになって、マチがいて。

こんな日が、あと一週間は続く。

逆に言えば、あと一週間で終わってしまう。

「もういい加減に下りなさい」

背中を押すと、小さなニアはあっさりと足の上から下りた。正確には落ちた。両腕をばたつかせて、しゃがみながら地面に着地する。すぐに「しゃきーん」と復活した。

一時間はわたしの足の上にいただろうか。なんでもっと早く落とさなかったかな。

「あー楽しかった」

「そりゃ、あんたは楽しいし楽だったでしょうね」

わたしの方は必死に車いすを走らせてへとへとだ。もう十年は走りたくない。

「なかなかやりますな、おねーちゃん。自転車レースで優勝できるかもよ」

「だから、自転車じゃないっての」

段差なんかこれで下ったら前のめりに転んで悲惨な目に遭う。経験済みだ。

「さて、そろそろお遊びは終わりにしてアイボー探しに戻らないと」

ニアが表情を本人なりに引き締めて言う。アイボーは目の前にいますよー。ったく。

「さっさと見つかるといいわね」

「うん。んじゃおねーちゃん、また明日ねー」

ニアが景気よく手を振って走り去る。わたしはニアが振り向かなくなってから、小さく手を振った。見ているうちに振ると、戻ってきそうだったから。

「また明日、ね」

毎日会うかなんて分からないのに。会いたいと、わたしは願っているかも確認取らないで勝手な言い分だこと。でもこの島の、この時代にいる限りはまた出会ってしまうだろう。

それも、もうすぐ終わる。

ニアがわたしに駆け寄ってくる時間は、また過去のものになる。

それはとても嬉しく、わたしの望んでいることのはずなのに、なぜか顔を伏せてしまう。

喧嘩した理由を忘れそうになるほど、どうかしていた。

そしてまた、一週間が過ぎる。

松平貴弘が掲示した未来に帰る日が、迫ってくる。

自転車レースを二日後に控えた木曜日は、激しい雷雨の訪れる日だった。

外は激しい雷雨に襲われて、庵が風雨のどちらで潰れるのが先かといった具合だった。もっとも僕の知る限り、この悪天候で祖母の家が倒壊するという歴史はない。取り壊されるのは祖母がボケてから数年後なので、ずっと先だ。それでも不安は拭いきれないけど。

ちゃんと窓があるのに、障子《しょうじ》が隙間風で揺れている。十月下旬にしてはいやに生温い風が吹き込み、僕の鼻をくすぐる。風呂上がりで火照った肌はその風で、心地悪く冷めていきそうだった。

発電所の事務所は今にも骨組みからバラバラになりそうだったので、やむを得ず祖母の家に避難してきた。当然道中でずぶ濡れとなって、取《と》り敢《あ》えずは風呂に入れと祖母に着替えその他を用意して貰った。僕が先に入った後、マチは一人で風呂に入れないから、祖母が世話をしている。勝手が分からなくて苦労しているみたいだけど、まさか僕がマチと風呂に入るわけにもいかない。僕はいいが、マチが嫌がる。当然とも言う。

濡れた髪にかけたままのバスタオルの端を摑み、風に晒された頰を拭う。髪から滴《したた》る水滴が服の襟《えり》を濡らした。その水滴を眺めるうちに俯いて、見る見るうちに意識が遠退く。

瞼が腫《は》れたように重くなって、気づけば微睡《まどろ》んでいたらしい。船をこいでいる僕に声をかけた祖母が現れるまで、振り向いた部屋の時計を確かめると三十分は経っていたようだ。

髪もすっかり乾いて、代わりにバスタオルがしっとりと濡れていた。身体も冷えきって肌寒い。湯冷めした身体を震わせて、ぼやけている目もとを擦った。

で、祖母である。マチの姿はない。

「鶯谷は？」

マチは、と聞きかけないだけ僕も過去に順応してきたのだろうか。

「奥で休んでるよ。あぁ、あの子の風呂は疲れるねぇ」

祖母が肩を叩いて、僕の側に座りこむ。和服の袖はお湯で濡れそぼって重苦しそうだ。僕と祖母はしばらく、障子に映る影を眺めていた。祖母も、家が壊れないかと心配なのかも知れない。僕が仮に大丈夫ですよと保証しても、気休めにしかならないだろう。

「畑、荒れちゃいますね」

「そうだね。ちょいと前も大荒れだったのに、困ったもんだよ」

この時代に来た当初、畑が石だらけだったけれどあれは地震の被害だった。昔の僕は石を投げて遊ぶだけで、祖母の手伝いはしなかった。それでも祖母は、一言として僕を批難したことはない。後悔に疼く胸もとを握りしめていると、祖母が話しかけてきた。

「八神さんだったね」

「は？　あ、はい。八神です、どうも」

そう名乗ったことも忘れかけていた。だって僕の方は誰にも呼ばれないし。

「あんたたち、外の人っていうのは嘘だね」

祖母がいきなり核心を突いてきた。僕は胸が張るのを感じ、思わず背筋が伸びる。

その反応を見て取った祖母が更に踏み込んできた。

「島の人間なんだろ？」

問いかけではあるが、答えを確信している声色だった。がたつく窓は、僕の目玉が泳ぐのと同調するような動きを見せる。ごまかしようがないと悟り、白状することにした。

べぇっと舌を出して参った、と手を上げる。

「なんで分かりました？」

「発音。あんたの喋り方には島の人間と同じ癖がある」

「……そうですか」

なるほど。以前に祖母が背中を向けて、僕に喋らせたのはそれを聞き取るためだったのか。そういえば松平さんも島民には発音に癖があると言っていた。こいつは、参ったな。

「隠さないといけない事情があったから。すいません」

舌を引っこめて頭を下げる。祖母も身体を離して、ふふんと鼻で笑う。

「詮索《せんさく》はしないがね。でも島民なら、助け合うのが筋ってもんさ」

僕たちが島の人間だと気づいていたから、良くしてくれていたのか。色々と甘いことを妄想《もうそう》していたけど、どれも的外《まとはず》れだったみたいだ。まぁ、そりゃそうだな。

祖母はやっぱり、この島の人間なのだ。外には排他的で、身内には優しい。

「色々とお世話になりました」

「ん、その言い方だとそろそろ帰るのかい」

「三日後を予定しています。……祖母《おばあ》ちゃん」

「んん？」

「信じて貰えないだろうけど、僕は未来からやって来た。九年後のあなたの孫なんだ」

帰ることを意識した瞬間、思わず言ってしまった。

祖母が目を丸くする。そりゃあ、そうだ。でも、僕は祖母に真実を訴えたかった。

だって、祖母と『話』ができるのはこれが最後になるから。

祖母の反応は曖昧模糊《あいまいもこ》として、正否の歯切れも悪い。

「……んー」

「……冗談ですよ」

身体を引っこめて座り直す。バスタオルで表情を隠して、自嘲《じちょう》する。のび太のようには綺麗にいかないな。でもそれでいい。祖母は僕の時代にも生きている。

たとえ意思の疎通が図れなくて、直視するのが辛くて仕方なくても。

「私は耳が遠くないのが自慢なんだけど、今の祖母ちゃんって発音、うちの孫にそっくりだったねぇ」

「真似が上手いんだ。本土ではこれで仕事しているから」

大嘘を並べた。祖母の耳が確かなことに感動はしたけどこれ以上、混乱を招きたくない。

「さっきも言ったけど、もうすぐ帰るんだ。だから、その……畑を手伝うの、できなくて」

すいませんと言い切る前に祖母が大笑いした。やめてくれとばかりに手を縦に振る。

「あんたなんか手伝いになるもんかい。体力なくて人の足ばっかり引っ張って」

「……すいません。いやあの、迷惑なら言ってくれればよかったのに」

気恥ずかしい。昔の僕は足手まといになるのが嫌で祖母を手伝わなかったんだろうか。

いいや、そんなわけねー。あれは単にサボっていただけだ。

未来を考えることを面倒臭がっていただけだ。

「迷惑？　そんなわけないさ」

祖母が立ち上がる。そして、僕を見下ろして得意げに微笑む。

「だってあんたは、私の孫だからね」

「…………………………」

息が止まるかと思った。家を包む風雨さえも、見失いそうになった。

だけどそれも、隙間風のように吹き抜けていく。

「冗談だよ」

きっひっひと山姥《やまんば》のように笑う祖母が、袖《そで》に手を隠しながら去っていく。

……あぁそう。冗談、だよな。

祖母の発言に戸惑い、頭と奥歯がグラグラするような感覚に翻弄されながらも、頬杖を突いて深く息を吐く。

「……冗談でも」

祖母に孫として扱われたのは何年ぶりだったか。

思い返す度に頭皮に汗のようなものが溜まる。ふつふつと熱を帯びて、バスタオルで顔を覆った。息がタオルで跳ね返り、僕の顔にかかる。蒸し暑さと肌寒さがせめぎ合う。

乾いたはずの頬がもう一度、雫《しずく》で濡れた。

暴風が島を覆い尽くしているのが、屋内にも伝わってくる。嵐《あらし》の夜だった。

この嵐が過ぎ去った後、わたしたちは無事に元の時代へ帰れるのだろうか。

それとも、次の嵐に見舞われてしまうのか。

「……確か、この嵐で船がひっくり返ったり、他にもなんかあったり」

島中が大騒ぎになるんだったかな。同級生で死んでしまった子までいたはずだ。

騒ぎといえば日中、島の大人たちが、誘拐がどうのこうのと騒いで動いていた。この島で誘拐？　聞いたことのない話だ。少なくともわたしの記憶には、そんな犯罪に巻き込まれた子供は存在しない。大体、こんな狭い島で子供を捕まえて、どこに隠れているというのか。定期船でしかこの島から出られないというのに。きっと大人の勘違いで、悪ガキが悪ふざけをしていた。そんなところだろう。

車いすを押して、引いて。ゆらゆらと揺れながら、わたしはこの不思議な体験を振り返る。長い夢をずっと見続けているのではないかと、今でも少し疑っている。だけど車いすの車輪に触れると、そこにある温度がわたしに現実の手応えを感じさせてくれる。

車輪は室内の温度の高さに逆らうように、ひんやりとしている。

事故に遭って以来、わたしの毎日は霞のかかった夢のようだった。どこか現実を失って、ぼんやりと目の焦点が合わない。わたしは大きな膜に包まれて、物事の境界が曖昧となる。

この時代に戻ってきても、目の前が霞んでいることは変わらない。

だけど、甘い。霞は飴《あめ》のように甘く、幸せな空気を充満させていた。

こんな夢なら、ずっと見ていたってさぞ、幸せになれることだろう。

「……あ」

大きい方のニアがやってきた。わたしの側に座りこんで、眉間を指で掻く。あっち行けと言ったら行ってしまいそうで、かといって他になにか言うことも思いつかず、黙認することになる。

「松平さん、今頃は研究所の方で必死になっているだろうね」

「でしょうね。完膚《かんぷ》なきまでにぶっ壊れるから」

当《あ》たり障《さわ》りのない言葉を交わす。そういうニアも、小さい方は今頃、大変な目に遭っているはず。それを思い出してか、ニアの顔がしかめ面になった。

「……わたしたち、なんでこの時代、この日にやってきたんだろうね」

もっと別の時間が相応しい気もするのに。それこそ、来年とか。

ニアにとっては思うところがあるのか、唸り声をあげる。そして、横を向きながら言う。

よく見ると全身がずぶ濡れだった。外に出たんだろうか、こんなときに。

「なんとなく、分かったよ」

「え？」

「どうしてここに来たのか、分かった気がするんだ」

そういうニアの表情は、陰鬱に垂れる前髪と違って晴れやかで。

その歪な取り合わせが、胸騒ぎのようなものを煽ってきた。

「あんた、自転車レースのこと覚えてる？」

「忘れるはずがない」

でしょうね。わたしもなんでそんなこと、聞いてしまったのだろう。

ニアの顔を見続けていると不安で、話題を変えたかったとはいえ。なんの用件でわたしに近寄ってきたのか、探っているのだろうか。

自転車レース。わたしとニアの運命を大きく歪めたもの。

九年後には廃止されるそのレースはこの時代に、まだ存在している。

そして小さい方ではない、大きいニアがわたしになにを言いたいのか、想像して、気まずくて胸がざわついて、内心は荒れていた。丁度、外の風ぐらい。なんの用だこの野郎、と胸ぐらを摑んで早急に片づけたいけれど、我慢してニアの言葉を待った。

やがてニアは頭を深く下げて、寝入っているのではと疑うほど俯いてから、言った。

「ごめん」

「…………………………」

なにについて謝られているかは、考えるまでもなかった。

許しを請うニアは弱々しく、頼りなく、概ねいつも通りだった。

そういえば、謝られるのはこれが初めてかも知れない。そんな当たり前のこともわたしたちは忘れて、意地を張って。こじらせて、長い風邪を引いていたようだった。

わたしが知らない間に、ニアもこの島で色々と思うところがあったのかな。

でもわたしがずっと待っていたのは、そんな言葉ではない気もした。だから、

「いいわよ、もう」

顔を上げるニアを目の端で確認しながら、窓の外の暴風を睨み上げる。

風は見えない。心のように、目が捉えることはできない。だけど窓を叩き、壁に当たり、その存在を感じさせる。心のように。相手とぶつかりあって、軋むから。

「あんたの話をちゃんと聞くことも、これからのことを考えるのも」

そこで一拍置いて、自分が納得できるかどうか確かめた後に言葉を続ける。

そう、すべては。

「すべては、この嵐が過ぎ去ってからよ」


そして二日後、僕とマチにとっての運命の日を迎えた。

運命は大きければいいってものでもない。小さくても、僕たちの人生を変えるには十分だった。その運命に対して、僕が出した答えは車輪に託すことにする。

「どこから調達してきたのよ、そのチャリ」

お金もない癖にと、言外にマチが疑問視してきた。僕はハンドルを叩きながら答える。

「松平さんの私物だよ。ほら、見覚えあるだろ松平号」

いつも松平科学サービスの建物の前に停まっていたやつだ。ちなみに単なるママチャリである。松平号とかフレームに油性マジックで書かれているし、後輪には学生時代の検査合格のステッカーらしきものが貼《は》ってある。黄ばんでいた。

しかも籠が桃色という悪趣味な仕様で、間違ってもこれで公道は走りたくない。宇宙人だってこの籠には乗ってくれそうもない。乗るのはもっと下等な地球人だけである。

「……で、本当に出るの？」

「出るの」

マチに頷いてから、肩を回す。畑仕事の影響か、肩が少し重い。後、腰も痛い。

「もう一回、ゴールしてみようと思ってさ」

「意味が分からない」

マチの否定に僕は苦笑する。思いつきで言ってみたけど、実は僕も分からなかった。

島内一周レースは本土から輸入された数少ない行事の一つだ。ロードレースではなく、自転車レースという表現が似つかわしい。島の遊歩道には主催者の手によって前日からビニールのレールが貼られて、道を形成している。そこの間を通って一周し、スタート地点である船着き場に戻ってくるだけの簡単なルールだ。一時間弱あれば終わってしまう。

本格的なやつと違ってチーム制とか、休憩とかそんなものはない。

ただし、この島は坂道がべらぼうに多い。下りも上りも取り揃えられていて、特に下りが恐ろしい。階段になっている場所も自転車で下らなければいけないのだ。チリで行われる町内レース並みに酷い。今のところ死人は出ていないが、怪我人は良く出る。その影響で、レースに参加するのは主催者含めて毎年、五、六人となってしまった。島民限定と銘打ったレースではないけど、そもそも本土からは滅多に人がやってこない。

そのレースに嬉々として参加しようとするアホが、今年の僕たちだった。

「晴れてよかったなぁ。僕の記憶通りだ」

蒼天《そうてん》と呼ぶのに相応しく、空には雲一つかかっていない。二日前の雷雨がみんな運び去ってしまった。残るのは荒れ放題の地面だけだ。これはさぞ、走りづらいだろう。

「修理は終わったからもう帰れるって言ってたけど」

「ん、じゃあ明日帰ろう」

時間旅行の締めくくりに自転車をこぐということへの因果関係は自分にだって分からないけれど、僕はシンプルに生きようと決めたのだ。だから、やりたいことをやる。

僕が簡単に生きるためには、きっとこの区切りが必要だから。

「ねぇマチ」

「なに」

「僕がこのレースで一位になったら、あのとき言えなかったことを言うよ」

「いやいらない」

真顔で断られた。手のひらを突き出して、ノーノーと首を振ってくる。

「今更すぎるし。ていうかね、あんた勝てないと思うから」

「マチが参加しているから？」

「歴史は変わらないものよ」

頷きつつ、マチが知ったかぶる。そんなことは世界の誰も証明したことがないのに。

マチの言い分が正しいかどうかは、今から僕が検証してみせよう。

松平号を前へ押し出し、スタート地点へ向かう。

僕たちのゴールとなってしまった、その場所へ再び。


嵐は過ぎ去って、残るのは奇跡の終焉《しゅうえん》だった。

この後、わたしたちは元の時代へ帰って……どうなるのだろう。時間旅行によってなにかが生まれたような、なにも変わっていないような。目立つほど大きい事件はなく、ただ古い傷のカサブタを剝がされていくのを見届けることしかできなかった気もする。

だけど、カサブタの下には新たな皮膚がある。それを知ることもできたようだった。

わたしも一歩、前へ進んでいこう。

これから大きく飛び立つための助走として。


「あれぇ、みなのしゅーが来たぞ」

「え、それ僕のこと？」

「みなのしゅーである」

どうやら僕一人のことを指すので間違いないようだった。父は小学校でなにを教えているのだろう。思わず自分の父の指導力を疑ってしまうところだった。

船着き場の前には既に、昔の僕と小さなマチが大人たちに混じって待機していた。どちらもママチャリで、というか参加者全員が同じく籠つきの自転車だ。僕ら以外に参加する大人は主催者のおじさん含めて三人で、計六人ということになる。僕の記憶とも合致していた。

その記憶の風景に僕が混じることになるとは、想像したことなかったけど。

「外の人も参加するの？」

昔の僕が自転車に突っ伏していた顔を上げて、緊張気味の声をかけてくる。その様子から察するに、マチとの賭けはやはり、交わしてしまっているようだ。参ったなぁ。

「なったのかー？」

マチが僕に便乗してくる。そのどちらにも頷いた。

「うん。よろしくね」

昔の僕がへらっと頬を押し上げるように笑って、緩く手を振る。

「がんばれよー」

僕は自分が負けることを知っている。きみもがんばれよとは返せなかった。

曖昧に笑って、小さなマチの隣に自転車を並べる。昨日、レースに参加すると申請はしておいた。主催者は僕が本土の人間であるか確認して、そうだと頷いたけれど参加を断ることはなかった。参加人数が少ないから、外部の連中でも歓迎せざるを得ないのだろう。それに自転車レースの主催者は前田さんの父親である。前田さんに口添えを頼んだら、すぐに許可が下りた。前田さんの父親が娘に弱いことは過去に学習済みだ。

多少危険なレースだけど構わないかと尋ねてきたので、大丈夫と答えておいた。

どこが多少だと内心で呆れながら。毎年、参加者の自転車がぶっ壊れているのに。優勝賞品として粗品は一応ながら用意されている。でも、その賞品を決めるのは主催者ではなくその娘の前田さんだった。毎年、彼女の気分で決まる。

そして今年の自転車レースの景品は、ルービックキューブ型の時計だった。

「…………………………」

昔の僕と同じように身を固くし、自転車に突っ伏す。目を瞑ると思考の波が押し寄せる。

未来は白紙、なにも決まっていない。今の僕にとっての未来とはなんだ？　九年後は現代なのか、それとも未来となってしまっているのか。そんな雑念のようなものに、脳の大半が埋もれる。頭の中が海水でいっぱいで、上のところがほんの少しだけ、海面から外に出ている。そんな閉塞と圧迫のイメージがつきまとう。考えすぎて緊張してきた。

目を瞑っているのがいけないかもと目を開くと、船着き場に集った四、五人程度の僅かな観客の中に、マチの姿を見た。観客の視線は僕らよりもマチに注がれている。マチはその視線を意に介さないように、平坦な顔つきで僕を凝視していた。僕はそれに応える。

さっきの僕と同じように、マチに手を振ってみた。マチは面食らったように驚き、けれどすぐに手を肩まで上げた。そこで止まって振りはしない。大仏のような仕草である。

でもそれで十分だった。自転車のハンドルを握って、スタートを待つ。

スタートの合図はトラックおじさんこと剣崎さんが取る。主催者と友人なのでその付き合いだろう。一度経験しているから、合図を出すタイミング、間の取り方は分かっている。

だから僕は他の参加者より一歩有利なはずで、そもそも相手は小学生なので、これで負けたら赤《あか》っ恥《ぱじ》では済まない。かつてと比較して遜色《そんしょく》ないほど緊張してしまう。

「いちについてー」

覇気《はき》の感じられない剣崎さんの声が、スタートを前振る。確かこの後、「よーい」そうこれがあってから二秒後、スタートと言う。完璧だ、ていうかもう二秒経つからペダルを、「スタート!」

ややフライング気味にペダルをこいで、頭一つ分突き出す。いよいよ、始まった。

大げさに言ってしまえば、僕とマチの運命が太く脈打つこのレースを、再び走る。

加速する中で、僕を一気に追い抜く小さな影があった。マチだ。ペース配分もクソもなく、全力で走る。昔とまったく同じ展開だ。しかも厄介なのはマチがそのまま最後まで、先頭を走ることだ。

島の遊歩道はもとから狭く、更にレースということでビニールで横幅に制限がかかっている。だから先頭の自転車を途中で追い抜くのは、道の酷さもあって難しい。無理に抜こうとして段差に車輪が取られて転倒した大人を僕は何人も見てきた。

マチがそれを計算しているとは思えない。だけど、誰にも前を走らせないようにと加速していく。僕は、昔の僕も、それに追い縋ろうと必死にペダルを踏み込むけど距離を詰めることはできない。よしんば追いついても、先を制したマチを抜くことはできない。

それが分かっていながら許してしまうとは、油断があった。松平号を全力で走らせて、マチの後輪と尻を追いかける。さすがに昔と違って、距離が一方的に離されていくこともない。徐々にだが詰めていく。もう、その背中が見えなくなることはない。

後はどこで抜き去るかだった。船着き場から離れて最初の下り坂がやってくる。この下り坂を生身《なまみ》で転がり落ちた経験のある僕からすれば、ここを全力で下るというのは正気《しょうき》の沙汰《さた》ではない。だけどそもそもレース自体が正常ではないので、下りるしかなかった。

先頭のマチは足を緩めないまま坂道を下っていく。もし後輪が浮いてしまえば自転車は横転して、乗っている人間も地面に叩きつけられてお終いだ。死ぬこともあり得る。その恐怖を微塵《みじん》も感じていないとしか思えないマチは、一気に坂を下っていく。

僕がこのレースで安心できるのは、マチがケガもせずに完走するという結果を知っていることだ。ただ、僕が参加したことでその過去は変わってしまうかもしれない。しかし、変えなければ僕が一番となることはない。勇気を持って、僕もまた坂を駆け下りる。

普段は歩いていると長く感じられる坂が一瞬で終わり、次の恐怖がやってくる。住宅地の間をすり抜けるのだけど、そこは階段だらけなのだ。一応、上り階段を通る道は避けてコース設定されているが下りに関してそんな温情はない。思いっきり階段ガタガタ。

自転車を押さえつけるように、或いはハンドルにしがみつくようにして極力、車体の跳ねを抑制する。サスペンションってなにと言わんばかりのママチャリの籠が激しく揺れて、松平号がバラバラになるんじゃないかと心配になる。実際なったら、頭打って死にそうだ。

アップダウンの激しい住宅地で体力の大半を削られるのは、経験済みだ。だけど先頭のマチに縋りついていかなければ、逆転することはできない。逆転できる場所はある。そこまでマチのすぐ後ろを維持できれば、追い抜ける。後は体力が保つかの勝負だ。

一瞬だけ振り返ると、必死に追い縋ろうとする僕の姿は遠かった。距離が近いのは主催者のおじさんで、目を剥いて唇を青紫にしながら走ってくる。ホラー映画みたいだ。

走り続けながら、マチの体力に感心する。当時からマチは普通の人間なのだろうかと疑いもしていたけど、今になっても疑問だった。この島の神様かなにかに力でも分け与えられているのではと勘繰《かんぐ》るほど、マチは自転車の速度を緩めない。いつまでも先頭を走る気概《きがい》で、短い足と車輪をしっちゃかめっちゃかに回し続けている。身体が時々、自転車から離れて宙に浮きそうになるほど軽いのに、大人を尻目にするマチ。ずっと、憧《あこが》れていた。

だからこそ僕は、このレースに参加したのかもしれない。

一度くらいは、時間という反則を用いてでも勝ちたいがために。

そして、僕の狙っていた機会が巡ってくる。

小学校の手前、南側では唯一と言っていい平地が続くその道のりしか逆転の目はない。そこなら狭い道を無理な姿勢で追い抜いても、坂道に足もとをすくわれる可能性は低い。

僕は目前がゴールであるという気概と錯覚で自身を鼓舞して、マチの自転車を追う。追う、追う。追いつめる。小さな背中に不釣り合いな大きな自転車の横を、一気に！

まず車輪の音が重なる。その音にマチがびくりと反応して、つい振り向く。そこで自転車の速度が一時的にせよ緩んだ。僕はそれを見逃さず、余力を残さないように振り絞る。

そして、遂《つい》にマチを追い抜いて先頭に立つ。

抜かれたことに驚愕するマチの表情を尻目に、更に加速して距離を離す。ここでリードを保って、そのまま維持して浜の方まで行ければまず抜かれることはない。抜いたが最後、まず転ぶ。それぐらい、ここからの道は細長いのだ。レースの経験が生きた。

マチに勝てる。やっと僕が勝つ。ゴールへ、一番乗り。

その感動が僕の疲労を吹っ飛ばし、視界を明瞭にさせる。光が僕にだけ差しこんでいるようだった。小学校前の平地を駆け抜けて、浜へ続く道に入る。マチは僕を再度、追い抜くことはできなかった。これで僕の勝ちは決まったようなものだ。

独走状態に入って、後続との距離を一気に稼いで。

だが。

勝利を確信した直後に、ミルフィーユを形成するようにそいつがやってくる。

小学校の近所の浜にあるカルスト地帯に目を奪われた直後、とんでもないものを発見する。自転車の前輪がSの字を描くようにブレて、危うく転倒しそうになった。

子供が海で溺れていた。

足も着かないような深い海でぼがぼが水を噴きながら必死にもがいている、子供の姿があった。助けを訴えようとしても、口を開くと海水が入りこんでしまうから無理のようだった。崖の下なので誰も気づいていない。僕しか見下ろしていない。他に誰もいない。

なんでこんなときに！

見なかったことにしよう！

できるか！

盛大に舌打ちをこぼして、道を制限しているビニールを自転車の前輪で突き破る。道から大きく外れて海に向けて全力でペダルをこぎ、勢いそのままに、飛ぶ。

自転車ごと、海へ飛び降りた。

冷静な判断というやつはレースが始まった直後から失われていて、すべての行動が勢い任せとなっていた。自転車と僕は溺れている子供のすぐ側へ、大海原へとダイブする。

極端な高さではないにせよ、海中へと一気に沈む。潜行速度が僕から更に余裕を奪う。頭からずぶずぶと落ちていく。ぐるぐると回転して、そのせいで上下が一瞬判断つかなくなった。目を瞑り、騒々しい水と泡の音に耐えて、落ち着いた後に上下を確かめる。

幸い、泥の混じった川のように視界不鮮明ということはない。島の海は綺麗なもので、海面もすぐに分かる。息苦しくなってきたので、急いで上を目指した。海面に上がる間際《まぎわ》、子供がどぶんと沈んでいきそうになっていたので、下から掬い上げた。

二人で海面へと顔を出す。溜まっていた海水をぶへぶへと吐き出し、塩の染《し》みる目玉からは涙が流れた。子供の方は僕より激しく、鼻からも海水を噴き出している。

「うぇぇぇぇ、ぇぇ、ぇぇぇぇぇ」

「あぁ無理して喋らなくていいよ……おい暴れるな、僕まで溺れる！」

僕にしがみつこうと必死になる子供にその声は届かない。水分を吸って重い服に、更に重苦しいものがまとわりつく。手足の動きに制限がかかってマジで溺れそうだ。

助けようとして二重被害に遭うことが多いのは水難事故の基本である。基本だが、他にどうしろと。人の往来が激しい場所ならいざ知らず、この島でそんなことをしていたら確実に溺死する。

荒い解決方法だが、子供の顔を殴って落ち着かせた。物は言いようだ。後、二回か三回ほど平手打ちした。いきなりの暴力に声をあげてわんわんと泣き出したけれど、暴れることは止めたのでそのまま運ぶ。助けにやって来たはずなのにその子供を殴るってあたりがなんだか末期的だ。目の前は崖で、島に上がるためには北側の砂浜まで回る必要がある。自転車なら五分だが、泳ぎだと、考えたくない距離だ。

「くそっ、レースに復帰……は無理だし。せめて誰か引っ張り上げてー」

おーいだのうぉぉぉぉだの叫んでみたけど、波の音にかき消されて届かない。

むしろ軽やかに自転車が過ぎ去っていくのを見届けるという有様だった。あいつら、勝負に夢中でまったく気づく気配がない。なんで僕だけ気づけたんだ。胴長短足で座高が高いから崖も覗けた？　いやいやご冗談を。それより、これは救助を諦めるしかないか。

泳いで陸に上がるしかなかった。こっちは自転車こいで、疲れてるのによー。

松平号の弁償とか求められたらどうすんだよ。

必死に水を掻き分けながら、マチの正しさを再確認する。

なるほど、確かに歴史は変わらない。美談さえも、障害物として。


ニアが海に落ちたと報告を聞いて、真っ先に思ったのは一つ。

まーたあまさんごっこでもしたのか、あいつは。けしからんのぅ。


「リタイヤ扱いらしい。特別賞もないってさ」

「当然でしょ」

僕の報告に対してマチは手厳しい。服の袖を絞ると海水が地面に染みを作った。どこを絞ってもいくらでも溢れてきて、キリがないので諦めた。半乾きでごわごわした服の着心地の悪さに辟易しながら、俯くのを止める。背筋を伸ばして、船着き場に目をやった。

船着き場はレースの結果とそして、僕が救助した子供の件で大騒ぎだ。

「優勝したのは？」

「わたしに決まってるじゃない」

つまらなそうにマチが言う。

「やっぱり、歴史は覆《くつがえ》らなかったわね」

「だね」

そのために、あの子供が海で溺れていた？　まさかな。水難事故は島の数少ない危険の一つだ。海水浴と無縁の浜で溺れているやつは珍しいけど。あの子は僕らの本来の歴史では死んでいたはずだ。確か、同級生で死んだやつがいたからな。

成り行き上、助けてしまったのでまた未来は変わるかもしれない。今は大事を取って病院に運ばれている。島には個人の小さな病院が一軒しかないけど、まぁなんとかなるだろ。

「……あ。僕たちがいなくなってる！」

短く叫んだ。大人たちに囲まれてちやほやされていたマチと、負けて意気消沈していた僕が姿を消していた。となると、あいつらは住宅地方面へ続く坂道へ向かったのだ。

そこで僕たちは仲違いをする。遂に、そのときがやってきたのだ。

マチの拳の感触が頬に蘇り、蹴り飛ばされた背中の痛みが鮮明に浮き上がってくる。

それに後ろから肩を押されるように、僕は一歩、足を前へ出して。

「ああ、いた！」

大人たちの間をすり抜けてきた中年の女性が、僕に待ったをかける。まるで時の流れが、僕らの介入を防ぐために放った矢のように飛びこんできて、人の腕を摑んでくる。

「あなたですね、ウチの子を助けてくださったのは！」

「え、あぁ。はい、良かったですね」

じゃあ、と話を切り上げようとしても女性は意に介さず話し続けてくる。

「ありがとうございます、本当に、本当に」

「いえいえ、僕、困った人を見ると助けずにいられないもので」

嘘つけ。マチの声が中年女性の向こう側から届いた。そんなに不人情に見えるかな。

「本土の方なんですか？」

「えぇまぁ」

「それでも、なんとお礼を言っていいのか」

「いえ必要ないです。あの僕、急いでいて」

あんまりしがみつかれると、退けこの野郎と突き飛ばしたくなる。なるほど、人でなしだ。だったらそもそも子供を助けなければいいのに、どうにも中途半端なのだった。

「あなたのお名前は？」

「えーその、ヤガミカズヒコです。そういうことにしておきます」

「そうですか、ヤガミさん。あなたのこと、あなたへの恩義は絶対に忘れません！」

忘れてくれぃ。何度も頭を下げる母親を振り切って、幼い僕らの元へ走り出そうとする。

それを次に止めたのは、マチだった。

「ちょっと、どこ行く気？　そっちになにがあるのか、覚えてるでしょ」

「…………………………」

僕が無言で、唇を噤んでいるとマチが「まさか」とわざとらしく前置きする。

「まさか、喧嘩を止めるの？」

「……できれば。無理かもしれないけどさ」

僕が優勝できなかったように。なんらかの強制力が働いている可能性だってある。

それでも。

「もう、マチに殴られたくないんだ」

そうでなければ、僕が成長してきた意味も、この時代に来た価値もない。

一時間前には自転車で走り抜けたその道を、今度は自分の足で駆ける。一歩、前へ足を出す度に息が荒くなる。緊張と焦燥《しょうそう》で胃の底が締めつけられて、何度も立ち止まりたくなる。その警告めいたものを無視して、踏み越えて、僕は過去を変えようとひた走る。

時流に逆行してきた僕が、今度は自ら、その流れに喧嘩を売る。

現場に辿り着くと丁度、僕がマチに背中を蹴っ飛ばされて坂道を転げ落ちるところだった。あのときに感じた激痛が僕にも走るようだった。だけど間に合った、まだ蹴り飛ばされただけで殴られてはいないはずだ。そして僕も、まだマチを殴ることはしていない。

マチの手にレースの優勝景品があることがその証拠だった。

時の流れはまだ、僕たちの悲劇を確約していない。

僕は考えなく、頭を真っ白にしながらその現場に飛びこむ。そして今にも坂の下へ駆け下りて殴りかかりに行きそうな小さなマチに、背後から飛びついた。マチは咄嗟に後頭部を振って、僕に頭突《ずつ》きを叩きつけてくる。頭部が顎に当たり、目の中で火花が散った。

「なによ！」

振り向いたマチに怒鳴られると、あっという間に目玉が涙に溺れた。情けなさ、懐かしさ、後悔が入り乱れてぐじゅぐじゅと鼻水まで零《こぼ》れる。マチの顔が滲んで見えなくなった。

「やめて、やめてくれ。お願いだから……」

もう嫌だ。繰り返したくない、こんなの。失いたくない。取り戻したい、僕の願いを。

いきなりやってきた大人が泣き出して、自分に抱きついたとあっては小さなマチも怒りそっちのけで困惑しているみたいだった。バカみたいに臆面《おくめん》もなく泣く僕に、マチが尋ねる。

「な、なんでにーちゃんが泣くのだ？」

よろめきながら坂を上ってきた、昔の僕はしかめ面になっていた。マチに対しての罪悪感、言い出せなかったものの不消化、そして蹴られたことへの逆恨み。そこに僕という乱入者まで加わって、どう対処すればいいのか分からなくなっている。そんなところだ。

このバカのせいで、僕たちはややこしいことになってしまう。

未来の自分をこの時代へ呼び寄せてしまうのも、元はといえばお前のせいだ。

みーんな、僕が悪いんだ。

「喧嘩、しないで……頼むから」

「でもあいつが約束破ったんだよ！」

「ごめん、ごめん……」

平謝りして、マチの肩に涙を落とす。その涙の冷たさに、マチがびくりと肩を上げた。

「だ、だからなぜにーちゃんが謝るのー？」

昔の僕も、まったくだという顔つきになる。それに応える言葉はなく、唇を噛みながら肩を震わせる。僕はどうしたいんだろう。マチに、なにができるんだろう。

「好きなんだ」

あいつは、そう言いたかったのだ。それがマチへの秘密で、それがなにより大事だった。大事なのに、言えなかった。大切で、臆病で、恥じて。

「す、しゅき、だと」

小さなマチが目を見開いて狼狽する。しまった、口に出していた。

しかも誤解を招く調子で。

「いやあの、違う！　そっちのやつが、きみのこと好きなわけで」

慌てて昔の僕を指差す。いきなり矛先《ほこさき》が向けられてしかも秘密を暴露《ばくろ》された僕は、息が止まっているように動きを止めた。それも束の間《つかま》、「な、っじゃねーの！　じゃねーの！」と目を白黒させる。なにを言いたいのかさっぱり分からない。でも態度が露骨すぎて、好きであることを肯定しているようにしか取れなかった。マチもそう受け取ったようで、みるみる間に頬が充血していく。それが集いすぎたことで、マチは爆発した。

抱きついている僕を引き剝がし、三回ほどその場で飛び跳ねてから、叫ぶ。

「うぁー！　あぁーあーあー！」

腕を振り回しながら、小さなマチが走って遠くへ行ってしまう。自転車も放って、住宅地でも船着き場でもなく、島の中央へ道を無視して走っていく。祖母の家の方角だった。

そのマチを追いかけるでもなく、落ち着かない目を押さえつけるようにしていた昔の僕は、僕との距離を詰める。座りこんでいる僕を見下ろして、どもりながら言った。

「よ、余計なことすんな、よなー！」

慣れない調子にそう言い残して、僕が逃げ去る。目が怯《おび》えて、今にも泣きそうだった。

余計なこと、だよなぁ。まったくだ。

もっと上手くやれると思っていたのに。

しばらくその場に座りこんでいると、歪な影が隣にやってきた。顔を上げなくとも、その影が誰か察した。第一声を待つ。すぐに来て、僕を罵倒《ばとう》した。

「変態」

「またそれかい」

「昔のわたしに抱きついて嬉し泣きしているやつが、変態以外のなんなの」

穿《うが》ちすぎだ。しかも一部始終見ていたらしい。赤面して、額に手をやる。発熱しそう。

「結局、仲直りさせられなかった」

「そうね。でも、殴り合わなかっただけマシでしょ」

確かに殴り合いは回避できた。僕の目標は一応、達成されたわけだ。こんな形を望んでいたわけではないし、根本的な部分を改善するには至らなかったけど。これが、限界か。

マチが車いすを下り坂の直前で停止させて、鋭い目つきで見下ろす。その下には数分前、僕が転がっていた。今は自転車と嵐が通過して、荒れた地面が残っているだけだ。

「……わたしさ、事故に遭ったときに自転車に乗っていたの」

世界を見下ろしたまま、マチが唐突にそんな話をした。

「事故？　……あ」

車いすに目をやる。僕の知らない、マチの本土での生活。そして、傷。

「交通事故？」

「そう。信号待ちで、気づいたら自転車ごと吹っ飛ばされてた」

「……そ、っか。知らなかった」

だから、昔の自分に自転車乗らない方がいいって忠告していたのか。乗らなければ、或いは回避できたかもしれない事故。マチもまた、歴史を変えようとしていたのだ。

「わたしが自転車に乗らなかったら……って考えたんだけど。説得を思いつかなかった。自分のことなのに、自分でもどうにもできないんだから、タチ悪いよね」

諦めを込めたように、マチが薄笑いを浮かべる。自分のことなのに。僕もこの時代で感じていたそれに俯き、息を吐く。それどころか、今の自分だって好き放題にできているわけじゃない。人は、自分を完全に利用することさえ不可能なのだ。

「あんたは今、ちょっとだけ結果を変えられたんだから、胸張っていいと思う」

「……慰《なぐさ》めてる？」

「別に」

そっぽを向かれた。苦笑いで受け入れた後、マチに尋ねる。

「やっぱり、事故に遭いたくない？」

またその足で歩き、自転車に乗りたいから。

「当たり前でしょ、そんなの」

今にも殴りかかってきそうな目つきで、僕を睨む。その険しい目つきに申し訳なくなって首を引っこめると、マチはすぐに表情を和らげた。珍しいほど、無防備に。

「酷い顔」

「知ってる」

「……ねぇ、あんたが隠していた秘密ってなんだったの？」

教えてよ、と今更になってまた聞かれる。いや、今だからこそか。過去で、その時間で、僕たちがいて。もう一度、このやり取りが始まる。歴史は繰り返す。やり直せる。それは、悪い面ばかりでもない。

今度こそ、僕は彼女に告白した。

「好きだ、って」

マチの動きが止まる。尻を浮かせたように少しだけ前のめりのまま、固まる。そのまま車いすからずり落ちてしまうんじゃないかと心配になって、慌てて立ち上がってマチの肩を支える。僕が触れると、マチがまずまばたきをした。それから、身体も動き出す。


　僕の手を除けてから、その独特の髪を搔き上げた。

　そんな彼女の浮かべる表情は、呆れだった。

　もう、ぽかんとしていたらしくさっきの停止もそのためのようだった。

「あのさ、そんなのどこが隠しごとなわけ？」

「は？」

「一目瞭然だったじゃない、そんなの」

　どこか怒った調子に、マチがぽんぽんと僕を言葉で押す。

　そんなことだったのか。そう拍子抜けし、同時に憤慨もしているようだった。

「そ、そうかな」

「あれで隠してるつもりだったとは。わたしが舐められてたってことね」

　長年の確執の核が予想以上にくだらなかったことに失望しているようだった。額に手を突き、深々と溜息をついている。僕の方は単純に恥ずかしい。丸分かりだったとか。

だったら好きなり、嫌いなり言ってくれよ。

「マチは、どんな秘密を話すつもりだったの？」

額から手を離して、マチが肩を揺する。

「負けるなんて一度も思わなかったから、なんにも考えてなかった」

「そうなんだ。マチらしいな」

「嘘よ」

即座にひっくり返してきた。意味があるのかその嘘に。追究する前にマチが言った。

「来年引っ越すことを言おうと思ってた」

「……あぁ、そっちか」

「そっちもこっちもとか、秘密なんて二つも三つもないけど」

あぁそう。ちょっと残念だ。でも、それは確かに当時の僕には衝撃的だな。もし言われていたら、マチと結婚するとか言い出しかねない。養うから島にいようぜと誘いそう。

「バカすぎる」

る。


「え、今更気づいたの？」

「いや自覚はあったけど……そっか。引っ越すんだ、へぇ」

引っ越した先で事故に遭うのなら、そっちを阻止《そし》しちまえ。投げやりにそう言いたくもなる。そうすれば僕とマチはずっと同じ島の人間だ。きっと、いつか仲直りでき
未来を変えることは、そこまで悪いことか？　だとするなら僕らは皆、大罪人《たいざいにん》だ。僕たちはいつだって、白紙の未来を書き変えている。ただ生きるだけで、そして。死ぬことでさえ、様々な未来を生んでしまうのだから。

「今日、昔のあんたが勝ってたら……ま、引っ越しても電話ぐらいはできたかも」

「ぼく文通がいい」

「うるせぇ一人でやってろ」

調子に乗ったら一蹴された。僕は笑い、つられるように、マチも頬を緩めた。

九年越しに秘密を打ち明け合って、僕たちの空気がほんの少し、過去に染まる。

これはこれで、悪いものじゃなかった。

だけど実のところ、僕はもっと別のことを期待していた。

当時から今に至るまで、夢想してきた。

例えば、僕とまったく同じ秘密とか。

そうした意図を込めたつもりはなかったけれど、一瞥するとマチが笑う。まるでなにもかも見透《みす》かしたように微笑んで、僕の鼻を突く。僕が仰け反り、マチは車いすを動かして背を向けた。その後、思わせぶりに振り返ったマチは表情を抑えこむように、目の下が引きつっていた。無理をしてできた仏頂面が、ぼそぼそと、抑揚をなくして告げる。

「そっちの方は、隠していた覚えがないの」

わたしも昨日は恋してた。

目前の男の子に、ニアに。

今に関しては、『今』に戻ったときに、答えを言おう。

五章　『あちらが立てばこちらが立たず』

その日の午後二時過ぎ。僕たちは研究所の前へやってきた。

「今日帰る？　構わんぞ、いつでも乗りこめ」

自転車レースの翌日に帰還の旨《むね》を告げると、雷雨によって更に打ちのめされた研究所の復興に着手する松平さんは、さほど興味がないようにそう言った。掘っ立て小屋の残骸を丁寧に運んでいる。

伊達《だて》に偉丈夫《いじょうぶ》のような体格はしていないらしく、運ぶことに苦はないようだった。

しかし昨日の雷雨は酷いものがあったな。なんでも、剣崎さんの軽トラが横転してぶっ壊れたらしい。しかもこの二週間後、更に台風が控えているのだ。島の運命やいかに。

まぁ、僕は既に体験済みなので結果を知っているのだが。

「修理は完璧だ。一回飛べば壊れるから試運転はしていないがな」

「どうしてそこを改善しないのよ」

松平さんが肩を竦める。マチはその態度が気に入らないのか、眉を吊り上げた。

「そういう風にしか作れんのだ。他の理論や装置を用いるなら可能だろうが、俺がここで研究した結果は、使い切りのタイムマシンが精々《せいぜい》らしい。研究所も潰れたのにちゃんと復興させてがんばって、偉いなぁ九年後の俺は。だから今の俺と代わってくれ」

ややこしい交代を求めながら、壁の残骸を投げ飛ばす。この博士は天才かもしれないけれど、本物すぎて有り余るほどの欠陥を抱えているようだった。案外、そこがいいのだが。

「せめて二回は飛べるようにしてくれよ」

「分かった分かった。飛ぶ際に装置の予備を積めばいいんだろう」

「……ああ、それでいいのか」

ぽんと手のひらを打つ。そうか、そうだよな。なにも装置自体を改良する必要はない。

「いやいいの？　それで」

マチの方は納得いかないらしく、疑問を呈《てい》する。松平さんが首を横に振った。

「次元転移装置が懐石《かいせき》料理なら、俺の作った装置はカップ麺《めん》だ。信じられんぐらい安価な材料を組み合わせてある。貧困に喘いでいると、それなりの工夫を思いつくものだな」

工夫って、そんな安っぽい表現でこの奇跡を語っていいのか。

「つまり、この環境ではそれが限界ってこと？」

「まぁな。しかし、だとすると……いや、俺は天才だから大丈夫か」

「なんの話？」

「知らん」

そんなバカな返しがあるか。松平さんはそれ以上、話す気はないらしくまた壁の残骸を抱える。僕とマチは顔を見合わせて、「じゃあ」と挨拶する。「おぅ」と短く返事がきた。

雷雨に晒されて一層、外見がくたびれた軽トラの荷台にマチの車いすを積む。十五キロ前後の車いすは、僕の腕では持ち上げるのが辛い代物だ。マチの母親が、車に積むためのリフトを欲しがっていたというのも分かる。息を荒らげながら、なんとか積み上げた。

それからマチを助手席に乗りこませる。マチは神妙な顔つきだった。

「どうしたの？」

「冷静に考えればお姫様抱っこなのよ、これ」

「……冷静に考えないでほしい」

照れるから。僕まで俯きがちになりながら、マチを乗せる。助手席の扉を閉めた。

「この時代の僕たちが来たら、僕らのことは適当にごまかしておいてよ」

「話したところで問題ない気もするがな。お前ら、西の海で怪獣《かいじゅう》を見たとか言っても信じるだろ」

それを想像してか、松平さんが肩を揺らす。僕らはすぐに鵜《う》呑みにしてしまうからなぁ。

そして残骸を木々の向こうへ放り捨てた後、松平さんが正面から僕を見る。

「九年か。三十年とはいかなくても、少し長いな」

「僕らには一瞬だけどね」

「恐らくだが、お前らが帰った時代にも変化の一つや二つはあるだろう」

「だろうね、派手に動いたし。酷くならないといいけど」

松平さんが苦笑する。頭をかいてから、なにかをごまかすように目を左へ泳がせた。

「研究所が隣の発電所より立派になっているとかいいと思う」

「僕は九年後のボロイのも味があって好きだったよ」

「ふむ……じゃあ、使い道は別の方向を検討するか」

なんの話か知らないが、松平さんが目を細める。使い道？　まぁ、そういった積もる話は九年後、僕たちの時代で語り合うとしよう。軽トラの運転席側に回り、扉に手をかける。

乗りこむ直前、島の中央を振り返る。雷雨が過ぎ去り、海を映す鏡のように空が青々しい。その空へ向けて、標高百七十メートル前後の山が伸びている。あの山が世界一高い場所なのだと幼い僕は信じていた。島の外に出たこともない僕にとって、世界の端っこは島の岬で、五百人弱の島民が全人類だった。それでもこの手には余る広さが、そこにあった。

九年経っても、時間を飛び越えても、僕がいるのはこの島だった。

世界一高い山に、数十センチ近づけた僕が確かに今、ここにいた。

時の流れに少しだけ遊び心を加えて。

「じゃあな。また後で会おう」

「うん。すぐ後で」

時間の在《あ》り方《かた》の僅《わず》かな差に笑い合いながら、松平さんとの別れを済ませた。

「お待たせ」

運転席に乗りこんでマチに言う。扉側に傾いて頬杖を突いていたマチが、一瞥を寄越す。

「別に。待ってないけど」

「そう。じゃあ、帰ろうか」

衝撃に備えてシートベルトをかけた後、エンジンキーを回す。こちらへ乗ってきたとき同様に軽トラが息吹を吹き返す。振動が薄い座席の下側から伝わり、僕を微弱に揺らす。

「先に乗り心地の方を改善してほしいわよ」

マチが冗談めかして愚痴る。笑って同意しながら、準備を進めていく。手順は修理が終わった後、松平さんに教わって必死に暗記した。いや、もう二度とこんな機会がないことを祈っておくばかりなんだけど。時計の針を無視するのは、これっきりで十分。

「帰ったらさ、まずなにする？」

「親の顔を見て、後は……ご飯でも食べるわ。お腹《なか》が空いたもの」

「いいね、それ」

一緒に食べに行かない？　と誘ってみるか迷い、その言葉が喉に引っかかる。

口の外にも、胃の底にも行けず宙ぶらりんのまま発信準備を終えた。

頭突きを入れて目覚めさせることもなく、軽トラは順調に稼働している。

ハンドルを握りしめる。運転は必要なくても、しがみつくと安心を感じた。

アクセルをめいっぱい踏みつけながら、僕は勢いそのままに叫ぶ。

「帰ったら！　一緒にうどんでも食べに行こう！」

真っ先に思いついた、食べたいものの名前を口にする。

一拍置いてから、マチが叫び返した。

返事を聞いた瞬間、僕の口端《こうたん》は気味悪いほど吊り上がる。

その僕の気性に呼応したように軽トラが熱を帯び、そしてあの日へと飛び立つ。

今なら自信を持って胸を張れる。

この時代に来て、よかったと。


そして、わたしたちは帰ってきた。

元の時代に。わたしたちのいるべき時間に。

衝撃に瞑っていた瞼を開く。手入れなど行われるはずのない木々が一層、茂って奥を見えづらくしていることは気づいた。些細な違いだけれど、島の成長を感じさせる。

いや成長？　なにか変な気もした。そしてどうしようもない違和感が、わたしを包んでいる。

そこらへんはどうだろうと、隣のやつに意見を聞いてみようと目をやり。

そこで固まった。

「……ニア？」

側にはわたし以外、誰もいなかった。

それどころか。

わたしは、車いすに座ってぽつんと、林の中にいるのだった。

車なんか影も形もない。運転席どころの話じゃなく、そして、出発する直前に確かに隣にいたニアはどこにもいなくなっていた。

わたしの中途半端に伸びた腕がすかすかと空振《からぶ》りする。

冷静になった直後、側頭部が凍りついた。背中には汗が一気に浮かび、ぞわりと、肌が溶けるように熱を発する。相反するその反応に翻弄されて目が泳ぎ、腕が震えた。

時間旅行。

過去の改変。

いなくなったニアと、タイムマシン。

気づけばわたしは声を張り上げて、ニアの名前を呼んでいた。

騒ぎを聞きつけてか、人がやってくる。松平貴弘かと思ったけど、そこで更に目を疑う。九年前から確かにそこにあった松平科学サービスは跡形《あとかた》もなく失われていた。奥に生えていた林が手前へと迫り、すべてを飲みこんでしまっている。形跡さえも見当たらない。

そしてやってきたのは剣崎さんだった。配達の途中だったのか、少し離れたところに軽トラが停めてある。わたしを見て、目を丸くしていた。

なにか言おうとするその口を制して、混乱の中でわたしは剣崎さんに問いかける。

それは祈りや願いの類に等しかった。

「ニア、は。ニアは？」

剣崎さんに縋る目を向ける。覗きこんだその目が訝しそうに細められて、
そして。

「ニア？　あぁ、そんな子もいたなぁ。確か、九年前に死んじゃった子だろ」

わたしたちの時間旅行の代価は、傷だった。

歯車の迷宮に迷いこみ、その身を、四方《しほう》からずたずたにされていくほどの。

（下巻『明日も彼女は恋をする』に続く）

あとがき

皆様は、『新聞をなぜ読まないの？』と尋ねられたときの最善の答えをご存じでしょうか。俺は典型的なアレなので新聞を読む習慣は一切ないのですが、その理由も興味がないとかめんどいとか、まぁ実に一般的です。

しかし某人物が放った回答は一個レベルが違います。彼はこう言いました。

『俺は世界のすべてを知っているから、読む必要などない』

以上、老眼になって読むのが単に面倒になった父の模範解答でした。

『プロットってなに書けばいいの？』でお馴染み。こんにちは、入間《いるま》人間《ひとま》です。

上巻と銘打ったやつはこれが初めてです。確か。『バック・トゥ・ザ・フューチャー』と『潮騒《しおさい》』と『レッツ☆ラグーン』を足して3で割ると今作になります。多分。嘘です。あと八神、前田、松平、村上、剣崎、鶯谷と並べてピンとくるものがあるといいと思います。

本作をお買い上げいただき、真《まこと》にありがとうございます。

以上、あとがき書くことねぇ、でお馴染みの入間人間でした。

そういえばホームページ作りました。というか作ってもらいました。これで仕事の依頼もバンバンくるぜー……となるかはさっぱり分かりませんが、遊びで書いた小説を暇なときに載せたりするので、お暇でしたら覗いてみてください。

（アドレス：http://irumahitoma.jp）

素敵なギャラリーもあるヨ！

下巻『明日も彼女は恋をする』は来月発売なので、もし続きが気になりましたらお手に取っていただけると、嬉しいです。喜びます。飛び跳ねます。敷居に頭をよく打ちます。家が古いので、背が高い人に対応してません。あと、告知より発売がずれたのはメディアワークス文庫の二周年フェアに使うからだそうです。

下巻だけフェア対象って効果あるのか？

というわけで、待て下巻。

入間人間

入間人間

著作リスト

探偵・花咲太郎は閃かない（メディアワークス文庫）
探偵・花咲太郎は覆さない（同）
六百六十円の事情（同）
バカが全裸でやってくる（同）
バカが全裸でやってくる Ver.2.0（同）
僕の小規模な奇跡（同）
昨日は彼女も恋してた（同）
19―ナインティーン―（アンソロジー 同）
嘘つきみーくんと壊れたまーちゃん 幸せの背景は不幸（電撃文庫）
嘘つきみーくんと壊れたまーちゃん2 善意の指針は悪意（同）
嘘つきみーくんと壊れたまーちゃん3 死の礎は生（同）
嘘つきみーくんと壊れたまーちゃん4 絆の支柱は欲望（同）
嘘つきみーくんと壊れたまーちゃん5 欲望の主柱は絆（同）
嘘つきみーくんと壊れたまーちゃん6 嘘の価値は真実（同）
嘘つきみーくんと壊れたまーちゃん7 死後の影響は生前（同）

嘘つきみーくんと壊れたまーちゃん8　日常の価値は非凡（同）
嘘つきみーくんと壊れたまーちゃん9　始まりの未来は終わり（同）
嘘つきみーくんと壊れたまーちゃん10　終わりの終わりは始まり（同）
嘘つきみーくんと壊れたまーちゃんi　記憶の形成は作為（同）
電波女と青春男（同）
電波女と青春男②（同）
電波女と青春男③（同）
電波女と青春男④（同）
電波女と青春男⑤（同）
電波女と青春男⑥（同）
電波女と青春男⑦（同）
電波女と青春男⑧（同）
電波女と青春男　SF（すこしふしぎ）版（同）
多摩湖さんと黄鶏くん（同）
トカゲの王I　―SDC、覚醒―（同）
僕の小規模な奇跡（電撃の単行本）
ぼっちーズ（同）

メディアワークス文庫

昨日《きのう》は彼女《かのじょ》も恋《こい》してた

入間人間《いるまひとま》

発行 2011年11月25日 初版発行
2012年 1 月25日 再版発行

発行者 高野 潔
発行所 株式会社アスキー・メディアワークス
〒102-8584 東京都千代田区富士見1-8-19
電話03-5216-8399（編集）
発売元 株式会社角川グループパブリッシング
〒102-8177 東京都千代田区富士見2-13-3
電話03-3238-8605（営業）
装丁者 渡辺宏一（有限会社ニイナナニイゴオ）
印刷 株式会社暁印刷
製本 株式会社ビルディング・ブックセンター

Printed in Japan
ISBN978-4-04-870969-9 C0193

メディアワークス文庫 http://mwbunko.com/
アスキー・メディアワークス http://asciimw.jp/

本書に対するご意見、ご感想をお寄せください。

あて先
〒102-8584 東京都千代田区富士見1-8-19 株式会社アスキー・メディアワークス
メディアワークス文庫編集部
「入間人間先生」係

どーでもよくて、とてもたいせつな、
それぞれの事情。
カツ丼　六百六十円。

発行●アスキー・メディアワークス　い-1-3　ISBN978-4-04-868583-2

電撃の単行本

『嘘つきみーくんと壊れたまーちゃん』の
入間人間が贈るシニカルな青春物語。

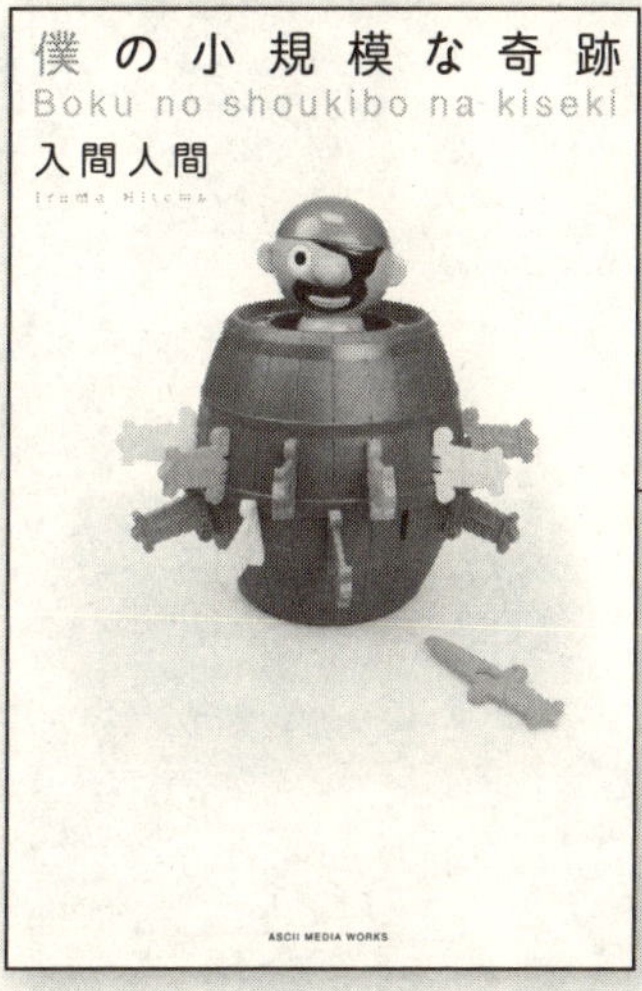

僕の小規模な奇跡

著●入間人間
判型／四六判ハードカバー
定価／1680円（税込）

「あなたのこと全く好きではないけど、付き合ってもいいわ。

その代わりに、わたしをちゃんと守ってね。

理想として、あなたが死んでもいいから」


錆びたナイフ。誰も履かない靴。ツンツンした彼女。絵を諦め切れない妹。

それらすべてが、運命の気まぐれというドミノの一枚一枚だ。

そしてドミノが倒れるとき。そのとき僕は、彼女の為に生きる。

この状況が『僕に』回ってきたことが、神様からの最後の贈り物であるようにも思える。

僕が彼女の為に生きたという結果が、いつの日か、遠い遠い全く別の物語に生まれ変わりますように。


これは、そんな青春物語だ。

発行●アスキー・メディアワークス　ISBN978-4-04-868121-6

メディアワークス文庫

バカが全裸でやってくる Ver.2.0

僕は売れている本が、作家が憎い。

なぜなら、僕の本は売れないからだ。

入間人間
Hitoma Iruma

ついに僕はデビューした。

ずっと夢だった、憧れの職業。小説家になった。すべてがバラ色、これからは何もかもがうまくいく……はずだった。

デビュー作の『バカが全裸でやってくる』は、売れなかった。それはもう悲しいほどに。そして僕の小説家人生はまだ始まったばかりだった。

担当編集から次作に課せられた命題は、『可愛い女の子を出せ』。まてまて。なんだその意味不明な無理難題は。好きなものを好きなように書くのが小説家じゃないのか?

業界を赤裸々(?)に描く問題作登場。


発行●アスキー・メディアワークス　い-1-6　ISBN978-4-04-870821-0